Das Buch

»von OMNIBUS, der angelsächsischen bezeichnung für einen einbändigen querschnitt durch ein schriftstellerisches werk, stammt der titel FÜR ALLE, dem die tendenz innewohnt, mit dem namen des verfassers zu verschmelzen, was in seiner absicht nicht lag, wogegen sich zu verwahren es jedoch alsbald keinen einsehbaren grund gab. der titel zeugte das spott-messianische motto vom für alle gedeckten dichterschreibtisch, ein nadelstich für die verächter des verfassers und seiner texte. – es bestand nicht die absicht, seine seit 1966 erschienenen und bis heute, 1984, verfügbar gehaltenen bücher für diesen band zu plündern, vielmehr sollte er das einmal geschaffene bild nach allen seiten erweitern ...«

Der Autor

Ernst Jandl, geboren am 1. August 1925 in Wien, studierte Germanistik und Anglistik. 1950 Promotion zum Dr. phil. Gymnasiallehrer in Wien. Seit 1952 literarische Veröffentlichungen, für die er zahlreiche Auszeichnungen erhielt, u.a. 1984 den Georg-Büchner-Preis.

ernst jandl:
für alle

mit einem nachwort
des verfassers

Deutscher
Taschenbuch
Verlag

dtv

»mein schreibtisch ist gedeckt für alle«

Sammlung Luchterhand im dtv
Juli 1995
Deutscher Taschenbuch Verlag GmbH & Co. KG,
München

Gestaltungskonzept: Max Bartholl, Christoph Krämer
Umschlagbild: ernst jandl
Gesamtherstellung: C. H. Beck'sche Buchdruckerei,
Nördlingen
Printed in Germany · ISBN 3-423-12070-3

andere augen

strassenbau

die männer mit den armen
zerschlagen die alten kaputten strassen
und bauen junge riesenstrassen
für die männer mit den ärmeln.

die männer mit den armen
waren bei einem alten mann, der eine blaue nadel hatte.
der stach ihnen bilder in die brust und den arm:
einen anker, ein herz, eine junge frau, einen vogel im flug,
ein schiff.

die männer mit den armen
rufen manchmal »hallo!« den andern zu.
die haben sich in den ärmeln versteckt.
die geben den gruss nicht zurück.

da lachen die männer mit den armen
und die vögel lachen und die junge frau
und das schiff fährt über den jungen riesen
und sein anker hüpft scheppernd hinter ihm drein
und die frau beisst vom lebkuchenherzen ab
und wirft den vögeln brocken zu
die fangen die vögel im flug.

da lachen die männer mit den armen
und spucken der jungen riesenstrasse
in ihr lachendes bartloses gesicht.

züge der zeit

wenn männer in die strassenbahn steigen,
schauen sie, wer darin ist.
eine strassenbahn ist ein halbes kaffeehaus:
wenn einer glück hat, kann er
bei einer angenehmen fremden frau
einige zeit sitzen.

auch ist die strasssenbahn ähnlich einer
bibliothek, in der leute sitzen und lesen;
hier allerdings in büchern aus den
eigenen taschen und in zeitungen.
die strassenbahnschaffner sind keine
bibliothekare.

doch auch die der lektüre ergebenen
messen die nachbarn.
so kann es geschehen, dass einer,
aufblickend vom buch,
den wuchs eines mädchens umarmte
mit seinen augen, sie aber wieder zurück
führte in das leichter erreichbare
zwiegespräch mit dem willig geöffneten buch.

dass ihm darauf hinter den augen ein bild sass,
das ihm die sätze des buches dreimal verknotete,
bis er den blick aus den zeilen herauszog,
lässt sich begreifen.

dann aber sah er am gleichen platze wie vordem
eine frau, die ihre runzeln
schon mit ergebenheit trug und ihr farbloses kleid
wie den härenen kittel des, der sich aufgibt.
und er erkannte die gleichen züge wie vordem.
und er ahnte die schlimmen züge der zeit.

pharmakologisch

mitleid
ist der biss ins brot neben einem,
dem der hunger den bauch auftreibt wie
einen ballon.

brot mit tränen gegessen
ist würzig und nahrhaft,
es beruhigt die nerven, es
macht satt.

(edel sei der mensch, hilfreich und gut.)

wer kein mitleid hat,
ist kein mensch.
wer keine tränen hat,
ist kein mensch.
wer kein brot hat, von dem er abbeissen kann,
wird über die dächer fliegen.
kinder werden den finger aus dem mund ziehen
und hinaufzeigen, bis der ballon
hinter der verwaschenen wetterseite der apotheke
verschwunden ist.

letzten endes hat jedes ding seinen zweck.
(es ist alles trefflich eingerichtet.)
hilfreich ist der ballon eines aufgetriebenen
bauches.
den edlen brotessern zieht er
den kork aus der flasche mit
den guten augentropfen:

mitleid (commiseratio)
3 mal tägl. 2
äusserlich!

junge zweige, auf dem weg verstreut

morgen
ist vielleicht nacht.

oft werden ganz schmale bäume
zur säge gebracht.

knospen an verstreuten zweigen
sind hart und klein.

in schweren schuhen kommen die bauern
und treten sie in die erde hinein.

der knabe und die strassenbahn

immer fährt so ein kleiner
rothaariger knabe
auf dem trittroller neben
der strassenbahn her.
plötzlich dreht er und fährt
in die andere richtung
und weiss auf einmal
genau, was er tun muss
um die strassenbahn zu überholen
auch wenn er bloss ein kleiner
rothaariger knabe
auf dem trittroller ist.

während wir warteten

während wir warteten,
trat eine frau in den garten. frau,
sagte da einer von uns. die frau
sah herüber zu uns. frau,
dachte da jeder von uns. die frau
lachte herüber zu uns. jeder von uns –
aber die frau
drehte sich weg und ging aus dem garten.

frau im fenster

die ellbogenkönigin auf dem fensterbrett
frisst mit den scheunenaugen allabendlich
sämtliche weizenreifen mädchen
des von ihr beherrschten strassenstücks

drischt sie aus und findet in ihnen lauter
schwarze körner, die selbst für die tauben
die sie auf dem fensterbrett allmorgendlich
freundlich bewirtet, ungeniessbar sind.

vier versuche zu definieren

liebe
ist das schmerzende am getrenntsein von dir

liebe
ist das lachen beim beisammensein mit dir

liebe
ist das hersagen unbedeutender worte vor dir

liebe
ist das zeitweise ungläubige in mir

februar

festgetreten und hölzern
schnee aus parkett – sommer aus dem ofen –
konservenfischfang –
ein steilhang zerbrochener gedanken.

im fenster, neben der kuh in der flasche
gackern zwei hühner die geburt ihrer söhne
kühlhauseier im papiersack
in den finsteren himmel der winternacht.

der kleine garten

er arbeitet vor seinem haus
an blumen, die sonne im rücken,

richtet sich manchmal auf,
wischt die stirn trocken und schaut

dem himmel zu, dem wind an den bäumen,
einer fahrradkolonne,

hat dann wieder sein haus
mit dem garten davor, den blumen,

und gräbt weiter im schatten.

*

er stellt eine liebe freundin
jedes jahr vor den blühenden kirschbaum,

um sie ins album zu kleben
und sich ein leben zu sammeln,

wie manche blüten aufheben,
wenn der kirschbaum verstreut ist.

*

er arbeitet an seinem garten,
damit er anders werde,

nach gesetzen des radiogärtners
und des wettbewerbs unter nachbarn,

gräbt einen knollen ein,
damit er anders werde

nach den gesetzen des lichts
und des wettbewerbs unter der erde.

*

er arbeitet vor seinem haus
und versucht mit dem rasselnden grasmäher

sich aus dem netz zu befreien,
das ihn am morgen fängt

und abends voll stacheln hängt
aus vogelschreien.

*

er schaufelt zeit in die erde
und aus der zeit wird gras

und aus der blüte die hummel
und aus dem honig die frucht

und aus dem herbst
und aus den herbstzeitlosen

dezember-erde.

der grosse fahrplan

der pflug hat seine bahn
beendet, wie sie angefangen hat.
die steilen langen züge seiner schrift
zerbricht der wind. die sonne gilbt, der regen gerbt
das blatt,
auf dem er für die wolken und die vogelschwärme
den grossen fahrplan aufgezeichnet hat,
die routen und stationen aller reisen um die erde,
das schwere eisen zwischen hand und hand.

nach dem schnitt

ein längst hinfälliges
wegkreuz im fall. langsamer
mühlen drehorgelgekreisch mahlt nicht
allen weizen.
überall stehen noch halme aufrecht mit schweren köpfen,
sehen die mühlen zu staub zerrieben zwischen steinen,
sehen die kreuze zu staub zerrieben zwischen steinen,
überall stehen noch halme aufrecht,
warten und heben sich auf für den
wirklichen winter.

reisebericht

ich bin bei nacht
von wien nach paris
gefahren und habe
mich von mir nicht verabschiedet.

als ich in paris
aus dem zug stieg, stand
ich schon auf dem bahnsteig
und streckte meine hand aus.

als ich in london
aus dem zug stieg, lief
ich hinter mir her
und sprang mir auf den rücken.

der taxichauffeur
sah mich kopfschüttelnd an.
ich musste mich ungewöhnlich
tief bücken.

seither sitze ich
mir gegenüber
wie bei einer stehen-
gebliebenen jause.

wir vertreiben uns die zeit,
indem wir mir
gemeinsam briefe
nach hause schreiben.

schottisch

einen namen kann ich geben, aber dem berg nicht,
auch den blumen nicht, auch nicht den schafen;
einen namen kann ich geben, aber nur einem,
                                        der auch spricht,
mir, dir, oder dem hirten, doch der

dreht den kopf und nimmt ihn nicht.
wir zucken die achseln und gehen weiter,
reden, reden vorbei und drehen
worte.

hinter uns bleibt der hirt.
hinter uns bleibt der berg, schweigsam.
hinter uns blühen blumen.
schafe grasen.

oktobernacht

sessel, bring mir einen gast.
tisch, bring mir ein fröhliches mahl.
lampe, zeig mir ein freundliches gesicht,
nicht mich im spiegel. spiegel, dreh dich zur wand.

sessel, bring mir einen gast.
tisch, bring mir ein fröhliches mahl.
fenster, geh auf in ein wärmeres land.
koffer, nimm mich bei der hand und flieg mich nach
ägypten.

sessel, bring mir einen gast.
tisch, bring mir ein fröhliches mahl.
telefonvogel, sing für mich.
oder bring mir einen kellertiefen winterschlaf, bett.

einlass zu finden

in eine art mutter
die umschliesst ohne ausgang und ende
wie ein berg

in eine art berg
der atmet und dunkel und schwer ist
wie eine mutter

in eine art mutter
in eine art berg

ohne geburt
ohne bergwerk

sturz vor zeugen

wenn einer aus der wolke seiner rolle fällt,
trägt ihn kein fallschirm sanft zu boden, kein
sprungtuch entfalten die zeugen seines sturzes,
die weniger mild sind als feuerwehrleute.

die geschulten kräfte seines kosmetischen lazaretts
passen ihm eine neue gesichtsperücke an,
abzudecken jüngste sprünge,
wiederzuerwecken den früheren eindruck.

erneut umwölkt, gewinnt olymp
die freunde wieder
und zerbricht vor deren augen
die zeugen seines sturzes.

zeichen

zerbrochen sind die harmonischen krüge,
die teller mit dem griechengesicht,
die vergoldeten köpfe der klassiker –

aber der ton und das wasser drehen sich weiter
in den hütten der töpfer.

sommer

auf koffern im wartesaal verfroren sitzend,
zählten wir wochen an kaum bewegbaren fingern,
sagten: wenn sommer ist, und dachten
tagen nach, die wir in wiesen verbrachten.

nun es so weit ist, müssen wir erkennen
dass unsere städte nicht für den sommer gebaut sind.
auch sind wir zu lang nicht mehr auf wiesen gelegen.
auch ist die sonne zu ruhig. wir denken an regen.

etwas bleibt offen

etwas bleibt offen, denkt man
im dunkel endloser strassen,
weitergeschoben im gedränge,
müde, verdrossen und rastlos.

etwas bleibt offen – ein spalt, durch den
kann man versuchen, kontakt aufzunehmen
von zelle zu zelle.

notizen

1

den hustenden tag im rücken und den wind
der aus dem überschwemmungsgebiet zieht
wo die häuser auf einmal hoch sind
seit man sich ihrer erinnert

und die füsse baden in der lauen gischt
die aus dem feuer fliesst (wir sitzen
nicht auf dem bootrand)

und die stühle werden breiter vom vertreiben
der gleichen zeit wie im vorigen jahr
mit konversation und verspäteten witzen.

2

wir planen, was war, in geraden linien
mit abfahrts- und ankunftszeiten und streichen
mit der inneren hand die seiten
des verknitterten fahrplans glatt

und besprechen, was alles sein wird,
genau und mit vorsicht (wir können
uns an alles, was sein wird, noch so gut erinnern)

und halten uns strikt an den gültigen neuen
immer gleich alten fahrplan
mit wie und wo und vorausbezahltem warum.

3

unser leben ist eine zweifelhafte kraft,
wenig erforscht, vielleicht wenig erforschbar,
kraft, da voraussetzung unserer sogenannten
kräfte:

ein arm bewegt sich, ein herz
schlägt (eine weitere
kraft erträgt das)

wenig dauerhaft,
keinesfalls speicherbar wie getreide, wie
keilschriftzylinder
schwer entzifferbar.

4

das sind feststellungen, zeugnisse der ungeduld,
erzeugnisse der unruhe.
das sind steine, die sich schlimmstenfalls
als meilensteine verkleiden.

das feste wird nicht befestigt.
(feste fallen und werden
nicht mehr gefeiert.)

das lose wird nicht befestigt. bestenfalls
von entschluss zu entschluss
verschoben.

andere augen

andere augen müssen den menschen,
andere augen die blume ansehn.

neben der blume kann der mensch
nicht lang stehn. blumen im glas
duldet er einige tage. länger
dulden sie ihn nicht. besuche
allzu entfernter verwandter
machen verlegen.

neben die kraft aber soll sich der mensch
stellen. damit gewiss wird, wer
der stärkere ist. damit dem
schwachen hilfe zuteil wird.
damit die verwandtschaft
nützt.

wer fragt schon

klar, dass sie etwas suchten
zu ihrer zeit.
wer fragt schon, was.

sie wurden vom regen verregnet
sie wurden vom schnee beschneit.
wer fragt schon, wozu.

sie hatten ihren spass.
sie hatten ihr leid.
wer fragt schon, wodurch.

sie konnten fluchen.
sie konnten lachen.
wer fragt schon, warum.

das ohr

hallo, ich bin das ohr.
können sie mich hören?
ich imitiere
den schlag der uhr.

und jetzt
versetzen sie sich bitte auf die strasse.
ich bin pferd
und milchwagen.

mein kollege
liegt auf ihrem arm
und schläft schon.

gestatten sie
dass ich mich zurückziehe
in ihren wecker.

einmal ist die freude

einmal ist die freude so gross
dass sie die zeit beim genick packt
in einen sack steckt
und in den fluss wirft.

der fluss, den die quelle erzeugt und das meer bestätigt
ist nicht die zeit
sondern ein grösseres.

die katze, die den fluss entlangläuft, ungehört
geduckt und von büschen gedeckt
ist die zeit hinter mäusen.

einmal ist die freude so gross
dass sie die zeit beim genick packt.

verweintes fenster, trockne dein gesicht –
ich strahle.
kauernder celsius, streck dich, streck dich –
ich strahle.

einmal ist die freude
einmal ist die freude so gross
einmal ist die freude
einmal ist die freude so gross.

vierfüsser

noch leben wir glücklich mit allen vieren.
aber das kann mir und dir passieren:
der mann am strassenrand hat nur drei
der mann im rollstuhl hat nur zwei
der mann im bett hat nur eins
der mann auf dem brett hat keins
von allen vieren.

im schlaf

er traf einen baum.
er baute darunter sein haus.
er schnitt aus dem baum
einen stock heraus.
der stock wurde seine lanze.
die lanze wurde sein gewehr.
das gewehr wurde seine kanone.
die kanone wurde seine bombe.
die bombe traf sein haus und riss
den baum an den wurzeln aus.
er stand dabei und staunte,
aber auf wachte er nicht.

der offiziersbewerber

gib's aus dem mund, da wird man
krank davon,
sagte die mutter zu ihrem bazillentragenden kind.

steck die nase nicht so hinein, du willst doch
auch einmal
offizier werden,
sagte der vater zu seinem brillentragenden sohn.

der kurs ist vorüber, jetzt
geht es an die front,
schrieb das kind heimwärts, angeregt von der
väterlichen glanzzeit.

wie komm ich da bloss wieder
ganz heraus?
fragte sich der mann, angesteckt von der
mütterlichen gesundheit.

sich zu erinnern

jung und gefangen
hinter stacheldraht
auf einem quadrat aus lehm
für hundert mann,
begann er bei nacht
auf dem weg zwischen zelt und latrine
sich zu erinnern an
die sichtbarkeit der sterne.

jung und zurückgekehrt
in seine heimat
auf ein holzquadrat
für sieben köpfe,
begann er bei nacht
im schlaf zwischen hunger und kälte
sich zu erinnern an
die fruchtbarkeit der ferne.

deutsches gedicht

jüdin
in
jüdin
in
jüdin
in
germany
jüdin
in
jüdin
in
jüdin
in
germany
verbrennt euch die zunge nicht
sagt nicht: deutschland
verbrennt euch die zunge nicht
sagt nicht: deutschland
verbrennt euch auch die zunge
sagt nicht: deutschland
jüdin
in
germany
jüdin
in
germany
jüdin in the country of the huns
hunnen
sagt: hunnen
sagt nicht: nicht hunnen
sagt: hunnen
verbrennt euch auch die zunge
sagt nicht: deutsche
verbrennt euch auch die zunge
sagt: hunnen
hunde in den ämtern
hunnen
hunde in den fabriken

hunnen
hunde auf den stühlen
hunnen
hunde auf dem boden
hunnen
verbrennt euch nicht die zunge sagt hunnen
verbrennt euch die zunge nicht sagt hunnen
verbrennt euch auch die zunge sagt hunnen
in germany in germany
wo german song erklingt

germ
keim
germ
keim
germ
keim
germ
keim
man
mann
man
mann
man
mann
man
mann
vokabeln
vokabeln
vokabeln
vokabeln
setzen der nächste
setzen der nächste
vokabeln
vokabeln
vokabeln
der keim
der keim

der keim
der keim
in den mann
in die frau
in den mann in die frau in das kind
der keim in den mann
der keim in die frau
der keim in das kind
setzen der nächste
setzen der nächste
der nächste der mann
der nächste die frau
der nächste das kind
germ
keim
germ
keim
man
mann
man
mann
german
german
german
germany
german
german
german
germany
über alles
über alles
über alles
über alles
kuckuck
kuckuck
kuckuck

der mantel von meiner mutter ist schäbig
das kleid von meiner mutter ist ein fetzen
meine mutter zieht einen rock aus dem mund
und zieht ihn mir an – der ist nicht schäbig
der ist ein schöner rock denn ich soll etwas besseres werden
als mein vater und meine mutter
meine mutter hat meinen rock aus dem mund gezogen
ich habe meiner mutter zehn groschen aus der tasche
gezogen
meine mutter ist schäbig
ich habe mir um zehn groschen auf der kärntnerstrasse ein
hakenkreuz gekauft
ich habe das hakenkreuz auf den rock gesteckt
und bin in der käntnerstrasse auf und ab gegangen
viele sind in der kärntnerstrasse auf und ab gegangen
und haben den arm gehoben und heil gesagt
und ich habe das hakenkreuz auf dem rock gehabt
und heil sagen probiert
und es ist mir im hals steckengeblieben weil es neu war
aber dann ist es ganz gut gegangen
dann bin ich zum zahnarzt gegangen
und ich habe das hakenkreuz auf dem rock gehabt
und die alten frauen im wartezimmer haben mich angeschaut
und ich habe geschaut ob ein magazin auf dem tisch liegt
obwohl ich mir ein magazin nicht gerne anschaue wenn
andere leute da sind
weil in dem magazin nackte frauen sind
sonst würde ich mir das magazin nicht anschauen
aber so etwas sieht man zu hause nicht
ausser durchs schlüsselloch die mutter
dann war ich der nächste
und der zahnarzt hat nicht gesagt ich bin ein schwein
weil mein mund gestunken hat
sondern er hat das hakenkreuz angeschaut und zu
meinem vater gesagt
ich werde noch ein tüchtiger bursch werden

schürhaken
schürhakenkreuz
schürhaken
schürhakenkreuz
zu küssnacht
schürhaken
schürhakenkreuz
schürhaken
schürhakenkreuz
zu küssnacht
zu küssnacht
zu küssnacht
zu küssnacht
die küssnacht ist vorbei
o heiterethei
küsse der nacht
küsse der nacht
küsse der nacht
küsse der nacht
die küssnacht ist vorbei
o heiterethei
durch diese hohle gasse
durch diese hohle
hole mir zehn zigaretten sohn
hole
hole mir
drei maschinengewehre
siebzehn pistolen
achtundsechzig handgranaten
hundertzweiundzwanzig gewehre
hole mir
denn es ist so schenant
mit diesen
erbschleichern hurensöhnen
    muttermördern untermenschen
fair play
den gleichen fussball zu bewohnen

da ist
ganz schnell
der tell
zur stell
und schiesst
den hund
vom pferd
den reitenden hund
den reitenden hund
den reitenden hund
den syphilitiker

schürhaken
schürhakenkreuz
schürhaken
schürhakenkreuz
wen reuts
mich nicht
sprechen die waldstädt
fett vor gerechtigkeit

ich stand eingekeilt
in eine grosse menge
ich stand
unter dem zorn

ich stand eingekeilt
in eine grosse menge
ich stand
unter dem zorn

unter dem zorn
stand ich eingekeilt
in eine grosse menge
unter dem zorn

ich stand eingekeilt
in eine grosse menge
ich stand eingekeilt
unter dem zorn

und es rief
den tod
auf sie

und es rief
den tod
auf sie

und den tod
rief es
auf sie

und den tod
rief es
auf sie

und es machte
aus ihnen
sündenböcke

und es machte
aus ihnen
sündenböcke

und es machte
schlangen
aus mädchenzöpfen

und es machte
aus uns
ein messer

messer
schnitt
messer
schnitt
itt itt
frau hitt
itt itt
herr hitt
itt itt
heil hitt
zungen
verbrennen
zungen
verbrennen
zungen
verbrennen
itt itt
itt itt
leer
leer
leer
leer
ausgebrannt
leer
leer
leer
leer
ausgebrannt
itt itt
leer leer
itt itt
leer leer
eil eil
itt itt
zungen verbrennen
eil eil
itt itt

eil eil
itt itt
leer
leer
ausgebrannt

o triumphale
ich stand eingekeilt
o triumphale
ich stand eingekeilt
o triumphale
in eine grosse menge
und es schrie einer
nieder mit ihnen denen
nieder mit ihnen die
und es jauchzte
nieder mit ihnen
denen die
denen die
und es jauchzte
dennoch etwas zögernd
etwas zögernd
etwas zögernd
die verwandlung stockt
die verwandlung zum hunnen stockt
und eine menschenstimme
erhob sich weiblich
und drang aus dem tumult
o falsche harmonie
stört nicht den schönen
augenblick
stört nicht den schönen augenblick
nicht durch flüche
nicht durch verwünschungen
stört nicht den schönen

augenblick
ei itt
ei itt
stört nicht den schönen
augenblick
nicht durch verwünschungen
nicht durch flüche
stört nicht den schönen
ei itt
ei itt
ei itt
ei
itt itt
itt itt
itt itt
o triumphale
aber das blasse
gesicht
lasse ich nicht
aus den augen
aber das blasse
gesicht
lasse mich nicht
lasse mich nicht
aus den augen
nicht fest
ans fenster gepresst
denn es war kein fest
kein fest
nur ein volksfest

o triumphale
der imperator
zieht ein

kleistgasse
ich hasse
eigentlich niemanden
ich bin vierzehn jahre
ich habe keine glatze
sehr ungewöhnlicher
gedanke für einen vierzehnjährigen
retrospektiv
ich hasse
auch jetzt niemanden
sagen wir
ich bin zweiunddreissig
um meine freundin
nicht zu verletzen
die ein paar monate älter ist als ich
und wirklich schon zwei
aber schluss mit den indiskretionen
ich hasse
eigentlich noch immer
niemanden
höchstens retrospektiv
an der universität
näherte sich mir ein jüngling
der nürnberg übelnahm
ich bin leider kein muskelmensch

kleistgasse
retrospektiv
ich hasse niemanden
hier wohnt der mob
meine mutter
gott hab sie selig
trichterte mir das ein
auch latein
sie hatte es nie gelernt

aber sie schwang sich dazu auf
im belvedere
an warmen sommertagen

kleistgasse
retrospektiv
ich vierzehn
ich hasse niemanden
hegergasse
ich bin kein jäger
fasangasse
ich bin kein SA-mann
ich bin vierzehn
retrospektiv
da springt mich plötzlich
ein knirps an
weniger wohlerzogen als ich
o wie behaglich
retrospektiv

einer jener gassenjungen
mob
sagte meine mutter
sprang
an meinem rock aufwärts
wie ein eichhörnchen
bis zu der stelle
wo ich es trug
hakenkreuz selbstverständlich
kärntnerstrasse
eil eil
und japste

jud
gib das her
jud
gib das her

das herz
springt einem nie aus dem hals
aber ich erfuhr
obwohl ich den kleinen erfolgreich
abwehrte
etwas unsäglich neues
etwas unsäglich neues
das sich auch
als ich den vorfall brühwarm meiner
mutter berichtete
um mich zu reinigen
nicht abscheuerte

werkriegt die welt
werkriegt die welt
weltkrieg ein
bye bye
weltkrieg zwei
bye bye
werkriegt die welt
werkriegt die welt
by and by
baby
bye bye

maybe
baby
I

ei
eiei
eieiei
hartes ei weiches ei
harter schanker weicher schanker
mit dem pfeil dem bogen
eil eil

hoppsassaa
i a
wir haben alle gut satt

aber der

hund der
hunger der
hund der
hunger der
hund der
hunger der
füttert uns
füttert uns
wir sind
eure schweine und
otteskind
füttert uns
füttert uns
wir sind
otteskind
ott bewahre
ott die ehre
helfott
kutz kutz

hund der
hunger der
der die das
und der
hund der
hunger der
der die das
frass
brennesselspinat

die bänke
tragen ein kranke aufschrift

von den gepanzerten
geht gestank aus

nur die wunden der gezeichneten
sind frühling

täusch
teutsch
toi toi
täusch
teutsch
toi toi
gern
tauschen
gern
tauschen
schweiz
zet be
schweiz
zet be
gern
tauschen
schweiz
zet be
täusch
teutsch
toi toi

gerntauschen
gerntauschen
gerntauschen
schweiz

gerntauschen
gerntauschen
gerntauschen
schweden
gerntauschen
gerntauschen
irgendeinland
irgendein land
ohne hunnen

huhn
hühner
hahn

hühner
hahn
hennen

huhn
hunnen
hahn
hahaaa
brennen

feu
feu
feu
feu
feuerwehr
efeu
efeu
efeu
efeu
wachs

wachs
wachs
wachs

wachs
kerzenstummel
efeu
efeu
efeu
überwachs

über die aus
haus
aus
über die kirche
aus
haus
über die parteilokal
aus
haus
über die haus
alle

ich presse meinen kopf
an deinen schenkel asche
ich presse meinen kopf
an deinen schenkel
ich presse meinen kopf
an deine lippe asche
ich presse meinen kopf
an deine lippe
ich sammle deine brust
in meinem mund
ich sammle deine brust
in meinem mund
ich sammle deine träne asche
in meinem mund
ich sammle deine träne
in meinem mund

kleine
jüdin
trockene

jüdin
trockene
kleine

fiel aus dem ofen
fiel aus dem ofen
fiel aus dem grossen
eisernen ofen

kuchen backen
gänse braten
stopfkuchen
eine juut jebratene jans
und ähnliche sympathische scherze

kleine
jüdin
trockenheit

steppen
savannen
wüsten
oasen

kleine
jüdin
trockenheit

die stunden
grasen
wie kühe
dann grasen
die minuten
wie kälber

dann grasen noch
die sekunden
im mutterleib

o schrei der gebärenden
o nutzlosigkeit des schreitenden vaters
auf und ab
mit der uhr in der hand
im niemandsland

o schutzlosigkeit des jungen grases
wenn die hunnen dahinstürmen

o steppen
o savannen
oasen

jetzt
im jahre 2056
singen und sagen
jetzt
im jahre 3057
singen und sagen
jetzt
im jahre 4058
singen und sagen
in deutscher zunge
im herzen der welt
in deutscher zunge
im herzen des vakuums
singen und sagen

unsere taten
mögen vergessen sein

die kleinen hütten der taten
in denen wir heimisch sind
wie die asche im wind
unsere taten
mögen vergessen sein

schmücken wir uns
schmücken wir uns
mit den bändern unserer schuld
wir
tanzend auf den wiesen der unvergänglichkeit
schmücken wir uns
mit den bändern des leides
dessen wir ursach waren
mit den bändern der freude
die wir schnitten vom nabel der welt

schnitten vom nabel
schnitten vom nabel
und mit nagelschuhen
zertrampelten
wir
bergsteiger
wir
touristen
wir
seilakrobaten
wir

wo sind die alpen
sie schlummern im historischen atlas
wo sind die anden
sie schlummern im historischen atlas
wo sind die rocky mountains
sie schluchzen im historischen atlas
im versunkenen land hysterie

hier
meine hand
ist die welt
doch die welt
ist schöner
als meine hand
doch meine hand
ist die welt
doch die welt
ist schöner

doch meine hand
doch die welt
doch meine hand

jetzt
im jahre 2056
jetzt
im jahre 3057
jetzt
im jahre 4058
singen und sagen
in deutscher zunge
im herzen
in deutscher zunge
im herzen
im jahre
im jahre
singen
singen
im herzen
sagen
im jahre
jahre
jahre
jahre
jahre
jahre

anmerkungen zu »deutsches gedicht«

deutschland heisst hier deutschland samt österreich, das damals die ostmark war, zu der es, österreich, sich mit 99-prozentiger zustimmung hatte machen lassen;
hitler wurde und wird von mir stets als 100-prozentiger österreicher gesehen – keiner anderen nation, auch nicht der deutschen, ist die hervorbringung eines solchen mannes bisher gelungen;
hunnen (huns) nannte die amerikanische propaganda im zweiten weltkrieg die deutschen, und ein amerikanischer feldwebel fragte mich, als inzwischen wieder ›österreichischen‹ prisoner of war, ob sie tatsächlich von ihnen abstammten; ein anderer übrigens, klein und verbissen, ein zimmermann, ebenfalls feldwebel, sagte, neben mir durchs lager gehend: the only good thing that hitler did was to kill off the jews, was mit dem »deutschen gedicht« indirekt auch zu tun hat;
rock heisst hier nicht kittel, sondern jacke, a man's garment, ein sakko; dass ihn die mutter aus dem mund zieht, heisst, dass sie ihn sich vom mund abspart; denn so ging es uns unter den vorläufern unseres führers, dollfuss und schuschnigg; als sich meine eltern noch das geld vom mund absparten, um mich ins schottengymnasium schicken zu können, waren, nur ein paar jahre voraus, dort schon die söhne des seyss-inquart;
schlüsselloch: als mein grossvater starb, als ich vielleicht zehn jahre war, kam ich ins kabinett, wo bisher er gelebt hatte und das nun mir gehörte; auf das kabinett folgten, in gerader linie, der salon, später speisezimmer genannt, und das schlafzimmer meiner eltern; stand die tür des schlafzimmers meiner eltern offen, während meine stets geschlossen war, konnte ich am frühen morgen durch das schlüsselloch meiner tür, sobald mich dies wirklich interessierte, also vielleicht ab zwölf oder dreizehn, einzwei jahre vor dem tod meiner mutter etwa, diese, von kleiner lampe

neben ihrem bett beleuchtet, für sekunden, zwischen nachthemdabstreifen und überwerfen von irgend etwas, SEHEN; sie hatte gewaltige brüste, trotz ihrer myasthenie (myasthenia gravis), auf die sie, luise, dann, 1940, während ihr arzt, HOFF (hoffnung), längst in USA war, in der klinik pötzl (PÖTZL!) behandelt wurde, um, unbehandelt, an doppelseitiger lungenentzündung z.u.g.r.u.n.d.e.z.u.g.e.h.e.n., ALOISIA.

verstreute gedichte

und weinte bitterlich
und doktor oppelt kam
und weinte bitterlich
und frau direktor reichert kam
und weinte bitterlich
und gemüsehändler dungl kam
und weinte bitterlich
und ottokar prohaska kam
und weinte bitterlich
und bernhard röhrig von röhrig und co. kam
und weinte bitterlich
und anton ast, dentist, täglich ausser sonnabend
    von 9 – 12 und 2 – 6, kam
und weinte bitterlich
und trude weitz kam
und weinte bitterlich
und edi ritter kam
und weinte bitterlich
und rudi vacek kam
und weinte bitterlich

gestrecktestes dürr
gesträubtestes stelle
des mann blaustes strunk
ans wegen frassest

gruft diesen nacktes
ins gelben vors schnee
violetten bestreuter
uns fusse

thermopylen

einer hause blühtet
ob ananas vor des blei

das sumpf füllst kropfes die elfter
ins galoschen spanntest pilzen mal miaut.
dritter wasser kipptest wirst aufgerauhten
zu das leonidas zum.

rotes wäre grille schnitztet hinter
die tor aus auf und ins ozean kein erdet
des zarten scheibe bindest gemäss fast pflegerin
zu das leonidas zum.

offenem ein scheu nach spartet wegen
kratzendsten musik ins himmel unter traurigst.
als gewunken endlich schertest tulpen
klopftet das klingel unter schroffst.

holomek

die hand fungiert in bekannter weise
holomek
unterliegt nicht den verderblichen einflüssen
sein fleisch hält sich
o holomek
holomek
liegt im hinterhalt
und hält seine tochter nicht zur hurerei an
eine festung hält sich
o holomek
einem gaukler gibt er die hand seiner tochter dem
henker dem teufel
wie ein kornwurm
wie ein hammerfisch
o holomek
holomek
liegt im hinterhalt
und hält seine empfindungen zurück

polyphem

auf seinem hölzernen auge
rutscht er über kanarienvögel.
zorniges vaselin
rinnt ihm vom kinn.
geklammert an den bauch seiner finger übt er
        in finsternis
den rettenden trick des odyss.
stösse von enten
fegt er vom brustbein maria theresias.
stundenlang bürstet er sein knopfloch.
aber der glanz kehrt nicht wieder
die sonne bleibt umgestülpt.

montage

in der tiefe freut man sich an einem schön geführten,
    warm und voll klingenden organ.
ich würde eine solche geige erwerben.

meine lustigen tage sind vorüber.
da stehen ein paar narren, die sie mir immer zerreissen.

in einer geige las ich ihre adresse.
der tiger schaute sich einmal langsam um.

kleines konzert

zahnpasta zensuriert
violine violett
zahnpasta zuckt
violine viola
zahnpasta schrubbt
violine cello
zahnpasta schraubt
violine kontrabass

violine kontrabass
violine cello
violine viola
violine violett
kontrabass schraubt
cello schrubbt
viola zuckt
violett zensuriert

der busch

der busch steht gewöhnlich
der busch steht ungewöhnlich
der busch steht ordinär
der busch steht vornehm
wer die dornen scheut
kommt nicht in den busch
wer in den busch kommt
scheut die dornen nicht
wer nicht in den busch kommt
scheut die dornen
wer die dornen nicht scheut
kommt in den busch
wer scheut die dornen
wer scheut die dornen nicht
wer kommt nicht in den busch
wer kommt in den busch
wer steht gewöhnlich
wer steht ungewöhnlich
wer steht vornehm
wer steht ordinär
wer steht
der busch steht
wer steht der busch
der busch steht der busch
steter busch
steht den busch
unsteter busch
steht den busch nicht
steter busch und unsteter busch
steht den busch und steht den busch nicht

lieber den grünen busch
steter busch steht lieber den grünen busch
unsteter busch steht lieber nicht den grünen busch
wer steht der busch
den grünen
wer den grünen
den gewöhnlich grünen
wer den gewöhnlich grünen
den ungewöhnlich grünen
wer den ungewöhnlich grünen
den ordinär grünen
wer den ordinär grünen
den vornehm grünen
oder das leberblümchen
oder das lungenkraut
oder das weissdorn
oder das rascheln

eines knechtes
hölzerne
gelehrsamkeit

wunden
die du geheimhältst
zerstören mich

aber auftauchen
aus asche
wie von altersher

werde ich
schwanenhälsige
morgenröte

autobus nach rust

brust
autobus nach
rust

*

gliess gott
ich komm
aus china

*

da zog
der herzog
den herzigen herrn herzog
an sein herz

*

stukkatur
gips
ins taschl

*

silien
bra
silien
bra
fbist

*

wie
oft oft
der dingen
heinrich der

*

mexiko?
na
i need

*

hua
hua
huast ned so fü

*

per
wers
glaubt
fahrn sie viel bequemer

*

krummt
alle mit
auf die krim

*

sie
sie!
sie!!
birien

*

ei
bei
walther von der vogelwei

leben
kleben

leben
kleben

die dinge
mit augen

die dinge
mit augen

die dinge
mit augen
bekleben

sehen
sehen
sehen

still
zertritt
still
zertritt
drei
dreieinhalb
still
zertritt
drei
still
einhalb
zertritt
still
zertritt
dreidreiviertel

abschied

unsermund

unsere hände

adieu

adieu

3 aphorismen

1

pritschel
blink
bonbon
frei
fern
fiedel

2

dünnkrieg
löcher licht
liliweiss
drehkrieg

3

bellenden
südsee
süsse
zack zick
sing
pflock

der schweizergardist

ein landschaftsgreis vernimmt die botenschaft
der übelsiedler aus dem minstrelstand
mit finstern händen. durch sein nörgelband
drückt ihn der lauschezweig, am zweifelsaft
halb-halb entschlafen. schnabelrümpfig klafft
sein hauseweib gemach am spindelrand.
es hindert ihn kein brotkrieg, überwand
er japan doch im sinn der eierkraft.
bleisamen blieben freilich oft auch ihm
am beil, wenngleich an seiner rockestracht
kein wasenmeister je die kerze kniff.
sogar den klopfbalkon schlägt er sublim
in seidelbast. und mit den faunen macht
er fahnen kleckrig, weisslichgelb, mit griff.

perlfang

verwurzelt im geburtssalon, entspinnt
ein kühler jammer ihr den vierten zopf
ganz früchterein. doch zweimal schreit sie: klopf
eh dir der kutscher von der karre rinnt,
damit das pferd nicht niederträgt. so sinnt
sie durch den arztballon, der auf den topf
das zwitscherfleisch ihr stemmt. den weichen kopf,
entkernt, entstirnt, entzähnigt und entkinnt,
wirft schwester klara in ein butterfass,
worauf das quietschen steiler wird. getrennt
von ihrem superintendenten, fliesst
ihr leibestrank ins firmenzelt. glitschnass
brrrrn die sterne. doch dann wird gepennt
ewiglich. nur die nase im bottich niest.

zertretener mann blues

ich kann die hand nicht heben hoch zum gruss. schau her:
ich kann die hand nicht heben hoch zum gruss.
    wo ich doch weiss, wie schlimm das enden muss.

da steht der braune mann vor mir und schlägt. schau nur:
da steht der braune mann vor mir und schlägt.
    diesmal heb ich die hand, jedoch zu spät.

ich krieche mit zerdroschenem gesicht. schau weg:
ich krieche mit zerdroschenem gesicht
    vor meinem schlächter, doch ich bettel nicht.

ein stiefelriese tanzt auf meinem bauch. hilf mir:
ein stiefelriese tanzt auf meinem bauch.
    ich fresse feuer, und ich bettel auch.

bald fällt ein knochensack ins massengrab. ho ruck:
bald fällt ein knochensack ins massengrab.
    dann bin ich, wo ich meine freunde hab.

erstarrt gegenüber

die öligen schergen einer bestialischen vergangenheit
stehen mit kreuzen, bibeln und bomben
den bestialischen schergen einer unausdenkbaren zukunft
erstarrt gegenüber.

erstarrt gegenüber
den öligen schergen einer bestialischen vergangenheit
stehen mit hämmern, sicheln und bomben
die bestialischen schergen einer unausdenkbaren zukunft.

bruder

wer also bruder! schrei,
mein nicht den bruder
der aus der gleichen mutter gleichem leib
gestossen ward in unsre höllen.
denn dieser bruder ist der kain!
mein er aber den andren
den im geistigen
der auf der wüsten heissestem grund
sitzet und gar bruder! denket,
solcher hat bezogen den schrei
auf ein richtiges auch.
obschon . . .

listen

ein schales maien fieberte sich auf
schuppte sich ab von schwacher junibrust
lief grätschend nach dem fetten julius
zog sickernd durch die fahnen des august
und ölte die septembertümpel blau

dort hockte otto in geborgten locken
nannte sich nora mit den vielen bürsten
daraus der eber zerrt die strähne mut
mit der sein zahn den lauf des jägers säumt

durchstarrte februar noch eis nach trautem
warf schon die märzin erde scheitelhoch
doch alle übertraf an list april

hans der geiger

am geigenbisse siecht
der johann blass dahin

er hatte sie am kinn
die sanfte schlummerin

er kratzte ihren nerv
damit sie schnurre lind

da riss sie plötzlich auf
den zippverschluss des schlafs

wild wuchs daraus ein zahn
fuhr tief in johanns stirn

aspang, n. ö.

halt umschau hier und kurze rast
so über dir der himmel blau
bis du es still genossen hast
das schöne tal im wechselfrau

das hundelvieh

für friederike mayröcker

gar traurig geht das hundelvieh
auf einer zeh und einem knie

–

verloren leckt das hundelvieh
am roten fleck der masturbie

–

zerbrechlich ist das hundelvieh
drum wirf es aus dem fenster nie

–

nach lorbeer lechzt das hundelvieh
und presst die hohe stirn ans knie

–

sehnsucht erfasst das hundelvieh
nach menschenstimme oft doch nie

–

ich schlafe mit dem hundelvieh
nicht immer sondern da und hie

–

unruhig begiesst das hundelvieh
ein knisterndes laternenknie

–

endlich verwächst dem hundelvieh
zu gleichem stumpf das er und sie

–

nach frieden lechzt das hundelvieh
doch ohne gott findt es ihn nie

emanzipation

schtüppfen
schtüppfen
schtüppfen
schtüppfen

schtüppfen
schtüppfen
schtüppfen
schtüppfen

schtüppfen
schtüppfen
schtüppfen

schtüppfen
fortzigen
schtüppfen
fortzigen
schtüppfen
fortzigen
bipf bipf

schtüppfen
fortzigen
schtüppfen
fortzigen
schtüppfen
fortzigen
bipf bipf

schtüppfen
fortzigen
schtüppfen
fortzigen
schtüppfen
fortzigen
bipf bipf

fortzigen
bipf bipf

schtüppfen

fortzigen
bipf bipf

schtüppfen

schtüppfen

schtüppfen
fortzigen
bipf bipf

bipf bipf

bipf bipf

bipf bipf bipf bipf bipf bipf bipf bipf bipf

bei tag

der vater sagt: bei tag
ich keine vögel mag.

der käfig wird bedeckt.
der vogel schweigt erschreckt.

der vater sagt: bei tag
ich niemals puder mag.

die wangen die er meint
werden gleich gereinigt.

der vater sagt: bei tag
ich keine feige mag.

der teller wird geleert.
feigen sind nichts wert.

der vater sagt: bei tag
ich diesen schwanz nicht mag.

der pudel wird berührt
und aus dem haus geführt.

jetzt hat der vater zeit
und der tag erstreckt sich breit.

schulschwül

um kühl
zu fünft
zerknüll
den rumpf

strümpfe
zupfen

stuhl
der blätter
geschult
befühlt

zapfen

poren

zorn als blau bubi füll
fühl fiel viel philip pfahl
mixtur brach lack schotten schopf geholt
hohl hol hall holz halt
zupf erde
zucker pferd
dünn dran

ziemlich zwei weigern
dorn rasche schnitte junge gebahnt
salz socken sozial so soll zoll zahn
harn hahn haben ab waschen zischen
bügel volk pökel klaps
herz ziege
zieh egel frack

dunkel unzen
fund gellen
wind kehle
winkel

karren kropf rupfen reif rot
komm sohn schön topf
mach mal milch lieb licht wisch
zotten wusch judo slawen schlaff
schaff schaf schlaf flattern schief schiff
mach nur die mach sie uhr

honk honk vater omo imi ata
bunt blasen belassen blusen bellen
lippen blech flach treppen drüber
achtung richtung recht riecht kroch
roh flossen blass nüsse fleiss
sand wogen ziegel bauch wind wange wand

fohlen empfohlen befohlen fehlen wollen
wollen wellen wählen prellen pirol büro
brillen paste wut mutti butter vorn fern
firn farn fahnen wohnen werk wickel wer
wäre vier fähre für fahre fahrenheit heute
hüte hütte hätte normal bei blei bleiben
klein schweif zucken sanft tag parat apparat grad karat
attrappen katarakte rattata krawatten

gleich gewicht auf schichte gesichter
schicke biegen links flaggen puls plus
lücke horch hoch roch fischen schluck
preis trocken biest bist rock streicheln
bücher hühner fühler kühlen schmäler
mühsam bilder foto kugel gurgeln
sag sack
zag zart zack hack polsterung
vorgang explodiert schnürt bitter
pilz michelangelo lang verlang elan mich
schälen mitte biete blieb rüstig dick
drücken binde bin deck knacken
abend oben ewig after mit neid

menge mängel ellbogen elf pocken ocker
wachs walze quaste ecke schaben druck
hüpfen hüfte hilf hitze ich hinken
saug du tuch sau schau schlau schlauch
plagen klagen packen agentur dürr

schenkel eng enkel schenk onkel munkel
danke dampfer tüte tun zelt zählt zehen
orten sortiert klotz glotz latz latte
klafft kraft raffen gas glas glanz kranz grenze krätze
grunz gras rasten ast osten ostern post pflock
pocken packen ticken takt akt nicken genick
niest ist isst hasst hast hase säge zögert söhne
säule säle seele selche segle säcke zeck zickzack
zögling klang
lamm lahm lang angst stamm staub stube stoppel
zitzen sitzend entsetzen stutzen dutzend duzen
trauben pinsel hügel purpur puppe luke plump
dunst unter stöbern tatze taste tee
gähnt gelb geht kalt

beerensammler im wienerwald

mies dies bücken pflücken ich drin
etwas entsetzlich sticht trichter triff
rings lichter leichter hub schrei bär
hund hand küsst zieht aussen bausch sank

danke der tante für den tank danke für
den tank tante ja pan rüssel kürassier
fürsten kurbeln gucken glucksen schwapp
dampf dame backen strich siedel zupf

kroko pfote hops ton hosen phosphors lock
innsbruck ich muss dich lass mich glocken stopf
kürze wurzel dock druck strunk struma strampf
prima prisma brüsk plitsch platsch knall kanal

saal schmal kahl fahl kalt bitter ritter beschissen
zapfen karpfen zotteln lippen lupen plappern lappen laub
sieben säbel werfen fransen busen bloss blasse bissen
tal zahl qual egal blut brisant nudel stirb mich

sanftere dichtere glattere biege bitte türe tiere duck
dich doch andacht mai schmeiss scheitel schmiere schmuck
wipfel innig hinten kachel krokant rasiert blitz
zwitschern dattel schatten tschana tripper trapper schmitz

3 widmungen, zu ansichtskarten

1 für gerhard rühm

»gerhard komm, gerhard komm
endlich raus und werde fromm!«
doch das vielgeprüfte kind
blieb im spind.

2 für reinhard döhl

reinhard reinhard rosa lamm
was hat man dir umgetan
um den hals das grüne band
und die tuba in der hand
hinter dir die rauhe wand
reinhard reinhard rosa lamm
was hat man dir umgetan

3 für andreas okopenko

versonnen blickt er aus der pfeife;
»wie ich die jugend jetzt begreife . . .«

anweisungen für waldläufer

im sitzen und im stehn
stets nur föhren sehn

bitte beim föhrensehn
nicht störend umhergehn

sondern mit allen röhren
föhren sehn und hören

das muss durch alle poren gehn
vorn sehn und hinten wehn

lieber deutscher föhrenwald
mach vor österreich nicht halt

hinten mögen ohren stehn
augen müssen vorn sehn

nur nicht sich selber rühren gehn
will man man uns führen sehn

noch selber auf hirn bestehn
lieber silber firn sehn

und hört dein schwanz den harn schon krähn
relax solang noch farn zu sehn

würstelpumper

der geburt voraus
die wendeltreppe

am hals genah
ziegelvertupf

sieden vera
nachgemach fahlen

udlwaafa
der präzise schmuck

nach nüfen nür
eidl geh gla

ok ok oodo
soomana partie

der aus kehlen der wärs
gröbming mich öder

öder nicht
jö desto weniger

smirn smirn schmier
pfipfel bubel

ode worte oder
ja kobus klaub

klatschen mahren
zickelt den uppfapa

miris uppel unken
waakob . . . !
waakob . . . !
waakob . . . !
waakob . . . !
waakob . . . !

ich heize anton
ich will zitzen
gute reize

der herzt
der hererbst
blöder fallen

blöder von den bäunen fallen
gililb gelelb gölölb

der knarrende frühling

für msgr. otto mauer

märrärz
herrerz
hollolz

kurrurz
stollolz
sturrurz

schmerrerz
kreueuz
schwarrarz

sallalz
harrarz
pillilz

die kerze
das sträusschen
der matrosenkragen
die weissen zwirnhandschuhe
der scheitel
der nüchterne magen
erste hl. kommune

lenin im winter

die revolution
die schneevolution
die teevolution
der schnee
der tee
die rehe

*) winken winken winken winken winken
wanken . . .
ein *erschütternder a*bschied

*) unbestimmte zahl von wiederholungen, ganz langsam beginnend, immer rascher werdend; pause nach der letzten wdh.

mozarts puls

(eigenen puls an handgelenk suchen, fühlen, mitsprechen:)

bib bib bib . . .

(weitersprechen, pulsrhythmus einhalten, hände langsam auseinander, arme langsam schräg seitlich in die höhe, sich erheben, langsam zurück, langsam weg, dabei andauernd:)

bib bib bib bib . . .

(bis verschwunden)

vorsagesatz

eigentlich
ein schöner tag
eigentlich
recht entspannt

eigentlich
ein schöner tag
eigentlich
recht entspannt

eigentlich
ein schöner tag
eigentlich
recht entspannt

eigentlich
ein schöner tag
eigentlich
recht entspannt

(2)

eigentlich
nichts besonderes
nichts besonderes
eigentlich nichts

eigentlich nichts
nichts besonderes
nichts besonderes
eigentlich nichts

eigentlich
nichts besonderes
nichts besonderes
eigentlich nichts

eigentlich nichts
nichts besonderes
nichts besonderes
eigentlich nichts

(3)

eigentlich
ein schöner tag
eigentlich
recht entspannt

eigentlich
nichts besonderes
nichts besonderes
eigentlich nichts

eigentlich nichts
nichts besonderes
nichts besonderes
eigentlich nichts

eigentlich
ein schöner tag
nichts besonderes
eigentlich nichts

nun
sind die letzten
weg

nur
wir

nun
ist der letzte
weg

nur
ich

bericht

was sich den ganzen tag so tut
was sich das ganze jahr so tut
was sich die ganze zeit so tut
was sich halt so tut
was sich halt den ganzen tag so tut
was sich halt das ganze jahr so tut
was sich halt die ganze zeit so tut
halt was sich so tut
halt was sich den ganzen tag so tut
halt was sich das ganze jahr so tut
halt was sich die ganze zeit so tut
was sich so tut halt
was sich den ganzen tag so tut halt
was sich das ganze jahr so tut halt
was sich die ganze zeit so tut halt

epoche der zahlreichen veränderungen

eine veränderung
und wieder
eine veränderung
und wieder
eine veränderung
und wieder
eine veränderung
und wieder
eine veränderung
und wieder
eine veränderung
und schon wieder
eine veränderung
und schon wieder
eine veränderung
und schon wieder
eine veränderung
und schon wieder
und noch eine
und noch eine
und noch eine
und noch eine
und noch eine
und noch viele
und noch viele viele viele viele viele
geburtstage im kreise der familie

einst und jetzt

einst keiner
jetzt einer

einst und jetzt

einst einer
jetzt einer

einst und jetzt

einst einer
jetzt keiner

einst und jetzt

vor winterbeginn

der frühling wird schon wieder kommen
wird schon wieder kommen, der frühling
und wieder wird der frühling kommen
und der frühling wird wieder kommen
frühling wird kommen, wieder . . .
wer früher stirbt
muss sich nicht mehr daran halten
an dieses ewige
frühling sommer herbst winter
frühling sommer herbst winter
frühling sommer herbst winter
frühling sommer herbst winter
frühling
            wird kommen,
                                    wieder . . .
wer aber früher stirbt
hält sich nicht mehr an dieses
ewige ewige ewige ewige ewige . . . .
sondern
sondern
sondern
sondern
sondern
.
.
.
.
.
.
.

jupiter	unbewohnt
merkur	unbewohnt
saturn	unbewohnt
uranus	unbewohnt
neptun	unbewohnt
venus	unbewohnt
pluto	unbewohnt
mars	unbewohnt
erde	ungewohnt

versuch über syntax

wir bestimmten ihn zur raumfahrt
geleiteten ihn in die wüste
gruben ihn ein bis zum hals
traten den boden fest um den hervorragenden kopf
wandten uns ab und gingen.
heimgekehrt, schrieben wir seinen namen
mitten auf ein leeres blatt.

\- - - - - - - - - - - - - - - - - -

ein wort im raum ein wort im raum ein wort
es hebt nicht ab es schwebt nicht strebt nicht fort
es bleibt bleibt hier es klebt klebt fest bleibt hier
papier sein raum sein leim sein raum papier

neu übt der astronaut bekannte syntax
schwebt frei als teil im weitgespannten satz
neu definiert sein flug zusammenhang
von mensch zu mensch im raum von mensch zu mensch

bewegt durch syntax übt sich neu das wort
hebt ab schwebt frei strebt fort als teil im satz
neu definiert sein flug zusammenhang
von wort zu wort im raum von wort zu wort

auferstehung

aus seinen schultern wächst die schlucht
der himmel bricht aus seinen augen
die wipfel biegen seinen blick
aus seinen ohren braust der sturm

an seinen fingern zupfen blumen
der stock umklammert seine hand
das moos versinkt in seinen füssen
an seine zehen tappen steine

der waldduft strömt aus seiner nase
ein felsstück springt aus seinem kopf
der pfad reisst ihn der länge hoch
so geht er gradwegs aus dem tod

flächen überzieht
dinge verhüllt
an kleidern hängt
aus winkeln quillt
regale füllt
im lichte spielt
staub, mein verstreutes ebenbild

schwarze dinge

die nacht ist schwarz.
ihre laden enthalten
schwarze dinge.
das verlangen ist gross.

einmal herausziehen
diese schwarzen laden
und ihren schwarzen
inhalt befühlen.

um berauschendes
zu befühlen.
um sich an befühltem
zu berauschen.

der tisch

viel sympathie
für diesen tisch
mit dem die hand
verwandtschaft spürt

die platte trägt
man nur zu zweit
kein zweites mal
nach nebenan

gravierte schrift
vom holzwurm stammt
der insgesamt
ein schreibgerät

von fern berührt
der daran sitzt
mit leichtem stift
ein blatt papier

für marianne und max frisch

ein anblick

bei jedem aufschauen vom tisch hinaus durchs fenster
durch stets die gleiche stelle der mittleren grossen
nie geöffneten und nie gereinigten scheibe
durch das dunkle bewegte laub der linde davor
zwischen dem hellen grün entfernterer gewächse
nicht weiter entfernt als im garten über der strasse
abschnitte von einer art silberglänzendem mast erblicken
und nicht wissen wollen wo und wie und wozu dieses ding
unten beginnt und oben endet.

der 30. november

immer schaut man manchmal zum himmel; wieso ›immer‹?
jetzt ist mein vater schon sieben monate tot
und in einem monat stimmt dieser satz bereits nicht mehr;
aber in sieben jahren, falls ich lebe,
war mein vater *erst* sieben monate tot,
als ich das hier schrieb.
immer schaut man manchmal zum himmel, und ›immer‹
ist ein zu ›himmel‹ passendes wort, denn himmel
ist immer; daran ändern auch wolken nichts, oder:
auch die wolken sind himmel.
ich würde mich gern in gottes hand
wissen, nämlich fühlen oder denken; aber ich kenne
keinen mit dieser hand, oder kann ihn nicht erkennen.
aber die linke hand meines vaters
bewegte sich zuletzt auf der decke,
ein reiben zwischen daumen und zeigefinger,
als ob sie einander noch erkennten.
ich bewege mich schon lange nicht mehr von der stelle
und lebe ganz ohne erlebnisse.
die dinge, die ich fortliess aus meinem leben,
die ich nicht einliess,
wären jetzt meine erlebnisse.
in einem von ihnen würde ich vielleicht
meinen vater wiedererkennen, und das wäre ein erlebnis;
meines, nicht seines. für ihn
würde sich garnichts ändern. aber vorher
hätte es für ihn etwas geändert, ganz gewiss.
der punkt, an dem jede änderung
hätte *vorher* geschehen müssen, ist ein schrecklicher ort,
sobald man ihn, noch denkend und fühlend,
erreicht zu haben fürchtet. und doch
ist der himmel jetzt dunkler als zu beginn dieses schreibens
und die furcht zu gering, um jede tätigkeit zu töten.

kolonne der januare
kolonne der februare
kolonne der märze
kolonne der aprile
kolonne der maie
kolonne der juni
kolonne der juli
kolonne der auguste
kolonne der september
kolonne der oktober
kolonne der november
kolonne der dezember
stern der jahre

das anfang-ende

jene explosion die von einigen sich spaltenden ur-
anatomen ausgeht

ich erhalte ein blaues
        buch in der falte
ein hund ergibt
        sich ohne dass
        es schneit
ein schöner ge-
        wöhnen
gehen sie den
        bildern
ich habe kein
        oklahoma
allmählich sprang
        hin und her

es glaube nicht dass
        es glaube nicht
        dass es glaube
nicht dass es glaube
schraube zwei
schraube drei

das 20. jh. enthält
drei schriftstellerinnen

(dialoge zw. g. stein,
f. m., virgina
woolf)

ja nein
gertrude yes gertrude no
/en
ein bohneness/ay
glaubt mir, liebe kleine
onkeln und
glaubt liebe kleine
tanten mir glaubt mir
ist der schwanz klein
der schwanz ist klein
sein farbe ist yellow

there is a heart in me
still
there is a heart in me
still
still but not silent
still pumping
pumperl
knock
knock
knock
knock
knock

guglguglguglguglhupf
GULP!
kopf vater kopf
sohn kopf eiliger geist

liebvater dein
        sohn
vater trödel
trödel nicht sohn
no mummi ich
        dein bammpam
bli bli bli
ein nacki

übung in prosa

der schmutzige bach

nachdem er zugesehen hatte wie sein vier jahre jüngerer bruder der sich gern zu weit übers wasser beugte allmählich das übergewicht bekam und in den schmutzigen bach fiel, ergriff er ihn an den hosenträgern und zog ihn langsam in die höhe. dann nahm er seine hand und führte ihn durch den garten ins haus.

erst als er im spiegel vor den ihn die mutter gestellt hatte sein gesicht erkannte, fing der knabe der in den schmutzigen bach gefallen war zu weinen an.

der ist gestraft genug, bat sein vier jahre älterer bruder um erlassung der schläge.

steine
steine um sich hinzusetzen in den zelten, gegenseitig sich warnend vor längerem sitzen wegen der gefährdung durch kälte, also fast andauernd auf rundgang auf der mit kies bestreuten bahn, zu zweit und zu dritt in stundenlangem gespräch, in frankreich im märz die nacht über.
matratzen
häuser in einer stadt ohne menschen, alles noch so wie sie es verlassen hatten, und in ihren zimmern die die die matratzen organisierten, nämlich aus den betten holten und hinausschleppten und auf dem rücken aus der stadt, hinein in die unterstände und sie übereinanderschichteten, die schlechten die zusammengepressten zuunterst auf den schlamm, und dann immer bessere drauf, und die besten zuoberst wo sie trocken blieben bis auf die stellen auf die es durch die balkendecke tropfte.
mulden
mulden mit dem spaten aus dem gefrorenen boden gekratzt, darin die nacht auf dem rücken verbracht, wiederholt rum getrunken aus den feldflaschen, gegen morgen einschläge in knapper entfernung, beobachtung der aus der mühle in die entgegengesetzte richtung davonlaufenden offiziere, zurücklegung der distanz bis zur mühle in sprüngen, dort ein mit most gefülltes fass im keller. den bewaldeten hang herab sich näherndes dünnes knattern automatischer gewehre, abstimmung und einstimmige annahme des eindringlich vorgeschlagenen verzichts auf widerstand, befestigung eines weissen tuches an einer stange, ausfahren dieser vorrichtung durch ein kellerfenster nach ablegen aller waffen und munition, andauerndes lachen und singen, plötzlich das weinen eines einzelnen und dessen beendigung durch zureden der übrigen, andauernder genuss von schnaps, most und zurückgelassenen offizierszigarren. anhaltendes allgemeines lachen mit hochgehobenen händen

und nicht zu weit geöffnetem mund um die zigarren nicht daraus zu verlieren.

stroh (1)

soviel jeder fassen konnte zwischen dem daumen und den übrigen fingern jeder hand, stroh zum bedecken seiner stelle auf dem lehmboden unter den langen und so niedrigen zelten dass man sie knieend betrat. aufgebracht über die wasserdünne karottensuppe, dazu durchfall und schwierigkeiten mit dem schlafen, auch durch das geräusch von kleinen nachts aufs holz der latrine schlagenden steinen aus der hand sehr junger franzosen als posten auf den wachttürmen.

stroh (2)

zwei in uniform einander gegenüber als begleitung ohne zu sprechen, und die anderen wenig und gedämpft, dann vom zug aus das reichsarbeitsdienstlager schon sichtbar, die baracken, kieswege, rasenflächen und sich rasch und ohne ordnung hin und herbewegenden weissgekleideten gestalten, alle von gleicher kleinheit und damit beschäftigt auffallend grosse mit stroh gefüllte säcke auf dem rücken herumzutragen und sich mit ihnen in die baracken zu zwängen.

klappbetten

segeltuchbespannte klappbetten in england samt matratzen decken und sechs mann pro zelt mit zentral postiertem eisernen ofen, das rohr am zeltmast empor durchs dach. gesättigt und gewärmt und mit genug tabak, mit karten auf den tisch geknallt und neue ringe aus weichmetall gehämmert, ersatz für bei gefangennahme abgenommene oder verborgen und auf der überfahrt gegen zigaretten oder keks getauschte. nachts auf der latrine einer von den älteren an seinen handgelenken mit einer rasierklinge herumstümpernd, zuvor im malerzelt alles zurechtgemacht für orientierung im finstern, strick am zeltmast und kiste für den sprung. morgens von den alarmierten amerikanern beschaut, abgenommen und aus der umzäunung geschafft, und der strick, an stellen gefärbt infolge des vorangegangenen stümperns mit der klinge, auf dem tisch vor dem offizier der amerikanisch die verhandlung führt. dolmetsch, und es erst allmählich werdend, in einer pause neben einem amerikanischen unteroffizier zu diesem sagend, etwas wie dass es derartiges manchmal geben sollte, meinend, abweichungen von der täglichen routine.

vier bestrafungen

die erste bestrafung bekam ich weil ich mich in den schnee warf. seine lage als hauptmann hätte erfasst werden müssen, um nicht ganz und gar einfältig, wie ich es tat, auf die nichtunterscheidbarkeit infolge der uniform und auf sein rasches vergessen des unbedeutenden vorfalls zu zählen, denn dessen geringfügigkeit vermochte weder das gewicht eines befehls noch die gehorsamspflicht des soldaten zu verringern, und so konnte es für ihn, in seiner lage als hauptmann, ein schon tags darauf sich nicht mehr erinnern nicht geben, es sei denn als ein sich nicht erinnern wollen, und ein solches durfte man von ihm oder irgendwem nie einfach voraussetzen. auch war es verfehlt, nur deshalb, weil man seine uniform als eine art von verkleidung trug, nämlich ohne jedes einverständnis mit allem für das die uniform ein zeichen war, sich als in einer tarnkleidung steckend vorzukommen und daher gesichtslos, nämlich für andere nicht von angesicht zu erinnern. es funktionierte nicht so, auch nicht im winterlichen mondglanz auf dem kasernhof und inmitten eines rudels von zu lang vor dem tor gebliebenen und von diesem hauptmann gestellten jetzt verschüchterten soldaten, noch dazu wenn, nach zögern und zu spät, man ein paar sprünge und sich dort in den schnee zu werfen wagte, wo man sich ausserhalb der wahrnehmung des bereits kontrollierenden hauptmanns wähnte. so dass man dann umso kläglicher vor dem danebenstehenden hochkam und zur meldung am folgenden morgen befohlen wurde. diese dann aus allgemeinem mangel an einschätzung zu unterlassen, musste bereits wenig später zu einer begegnung, an der nichts ausser dem zeitpunkt zufällig war, mit dem hauptmann führen und zu den anschliessenden schwierigkeiten.
die vierzehntägige ausgangssperre bedrohte eine sich seit kurzem anbahnende erotische beziehung die, trotz wiederholter bemühungen in der zwischenzeit, die erste seit der

mehr als zwei jahre zurückliegenden überhaupt ersten zu werden versprach, aber bis dahin bloss ein geselliges stadium erreicht hatte. ein an mich gerichteter bedauernder und ermutigender brief samt einer probe einer nicht zuletzt meinetwegen zubereiteten köstlichkeit wurde mir von einem teilnehmer an der von mir erstmals versäumten runde in den nicht zu verlassenden kasernbereich mitgebracht, worauf ich am folgenden wie an den weiteren abenden pünktlich durch meldung den beweis für meine anwesenheit erbrachte, um mich anschliessend durch die ausbruchsstelle im maschendraht jeweils bis zum nächsten morgen und insgesamt unentdeckt zu entfernen.
die zweite bestrafung bekam ich weil ich meine jacke verlor. als spezialjacke gehörte sie zu meiner ausrüstung und ohne sie galt ich als nicht oder nicht vollständig einsatzbereit, weshalb ich beim umladen des gepäcks, das in einem garten geschah, wobei sie unter die masse von anderem zeug geraten konnte und daraus nur mit mühe wenn nicht überhaupt nicht wieder hervorzuholen sein würde, nicht die nötige aufmerksamkeit walten liess um eben dies zu verhindern. so dass ich ausserdem für sie zu bezahlen und auf die beschaffung eines gleichen stücks zu warten hatte, ohne deshalb in dieser kritischen phase des allgemeinen fertigmachens für den spürbar bevorstehenden aufbruch der für mich lebenswichtigen verzögerung auch wirklich so sicher sein zu können, dass ich mir nicht durch meldung zum arzt einen zweiten weg zu öffnen gesucht hätte. dass dieser arzt, ein verhältnismässig alter mann, meiner vorgegebenen beschwerden wegen mich unverzüglich zu einer untersuchung in die entferntere stadt entliess, konnte bei meiner rückkehr zwei tage später, als die einheit bis auf einen sich festsetzenden rest verschwunden war, ein jähes gefühl des vertrauens in die eigene geschicklichkeit nicht dämpfen.
die dritte bestrafung bekam ich weil ich über den zaun sprang. springen war nicht meine stärke, und es gehörte zu mir zu warten bis alle hinüber waren wenn es über einen bach ging, ehe ich nach vergeblichem suchen nach einer schmäleren stelle dann doch statt den missglückenden

sprung zu wagen bis zu den knöcheln in den schlamm und den knien ins wasser stieg. noch einmal, schrie an diesem tag der gefreite, ich stützte mich mit der linken am aufgeweichten grabenrand, sprang hinunter in den schlammigen graben, und heraus! schrie der gefreite, ich hielt mich mit den händen links und rechts am grabenrand fest und kam ziehend und kletternd hoch und heraus; hinunter und noch einmal! schrie der gefreite der es durch festhalten an nur einer seite wollte, und ich wieder unten kam durch festhalten mit beiden händen an nur einer seite in wiederholtem hochspringen zu keinem halt um mich hochzustemmen und heraus, aber irgendwie dann doch und ganz voll nassem lehm; machen sie dass sie zu den anderen kommen. es war zu nass um es mit bürsten herauszukriegen, also steckte ich die zigarren zu mir und lief, lehm an allen stellen, weg und hinunter zum bahnhof, in die bahnhofrestauration, fragte als er abseits stand den kellner, tscheche und wie sie alle des deutschen kundig, wie ich von dort direkt zu den zügen gelangte, drängte ihn die zigarren zu nehmen die er für die auskunft nicht wollte, sprang als ich niemand mich beobachten sah über den niedrigen eisenzaun, stieg ein und blieb auf dem gang und zur sicherheit nahe dem klosett.

du brauchst dazu einen der an deiner stelle ›hier‹ ruft wenn ein appell ist, und wenn es bei dir vorkommt dass dich unversehens die angst packt, auch einen der weiss wo du bist aber schweigt und hört was sich tut, und ein telefon zu ihm. wenn du aus der andern stadt dann zurück bist, kannst du dir vom postamt aus von ihm noch die letzte sicherheit holen dass sich nichts verändert haben wird wenn du wieder drinnen bist; nicht dass du es nicht wolltest, aber anders; nicht in der weise wie seine stimme jetzt verändert klingt, beim verneinen dass alles in ordnung ist. vom postamt, während du ihn dort erwartest, dann rasch eine karte zurück: bitte nicht schreiben, dein. ohne namen.

dinge waren in bewegung geraten, die ich nicht zum stillstand bringen konnte, das mussten andere tun und ich würde sie auch dann nicht lieben. ich legte mir zurecht,

ich sei nie ausserhalb der stadt gewesen und hätte mich knapp vor dem zeitpunkt der entdeckung erst entfernt; nichts was ich sagte durfte die bestehenden kontrollen kompromittieren. ich konnte es sagen wie es war, aber von der bei der ich war den namen nicht nennen, denn das eine war der umstand den männer wie sie noch am ehesten verstanden, aber daneben gab es umstände die männer wie sie wenn sie soldaten waren wie sie nämlich feldwebel oder offiziere und verheiratet und vielleicht selbst schon hätten als vermisst gelten können und dann nicht unbedingt gefallen sein mussten sondern auch gefangen sein konnten nicht verstanden hätten oder nicht verstehen hätten wollen, und so war von der bei der ich war unbedingt der name nicht zu nennen, was zudem noch verraten hätte dass ich doch nicht in der stadt geblieben war.
aber sonst war von der sache alles zu sagen wie es war und auch eine begründung dafür zu geben die nicht ganz anders war als ich selbst es sah, nämlich gesehen hätte wenn ich für mich selbst eine gebraucht hätte: es war die erste geglückte beziehung dieser art in der langen zeit seit meinem missgeschick bei der überhaupt ersten, worüber wahrheitsgetreu zu berichten war. dass sie um es sich bestätigen zu lassen dass ein derartiges gezwungensein wirklich möglich war einen arzt beizogen der es dann für möglich hielt, taten sie um in die lage zu kommen ein verfahren das draussen schon im rollen war zum stillstand und die ganze sache intern zu einer erledigung zu bringen, einer ausserordentlich milden strafe.
die vierte bestrafung bekam ich in einem waggon in salzburg, weil ich nach missglücktem äpfelstehlen aus einem waggon auf dem nachbargleis mich nicht umsah ob der zum hinterdreinlaufen zu alte hauptmann mir nicht etwa doch folgte; er tat es und hämmerte im bahnhofsabort an die tür bis ich aufgab. drei bestrafungen, schrie der feldwebel im waggon und wartete einen augenblick auf ein wort des hauptmanns; drei bestrafungen, schrie er nochmals, wissen sie was man mit ihnen tun sollte. ich verneinte und bekam es von ihm zu hören.

rückkehr an einen ort

wenn sie wollen fahre ich sie mit dem auto hin, sagte alisons vater beim frühstück am sonntag.
das wäre nett, sagte ich. ich war seit freitag in winchester.
wir können weiterfahren bis an den fluss, sagte alisons mutter. dann hat er die schöne aussicht.
das wäre nett, sagte ich.

wir fuhren eine stunde im auto durch flaches land. es war trüb, aber nicht kalt. das land war flach und grün, wiesen und ackerland, grosse felder durch hecken getrennt. bäume waren selten.
das wetter ist nicht sehr gut, sagte alisons mutter.
wir waren gestern in der kathedrale, sagte alison.
wie hat sie ihnen gefallen?
sehr, sagte ich.
hast du den pullover an?
ja, sagte alisons vater.
wir sind in stockbridge, sagte alisons vater.
das lager war ein stück ausserhalb, sagte ich. bei einem lazarett.

ein stück ausserhalb blieb das auto stehen. alisons vater stieg aus.
wir können hineinfahren, sagte er.
wir bogen von der strasse links in eine zufahrt. wir fuhren auf einem breiten kiesweg der ein kurzes stück anstieg. vor einer baracke blieb das auto stehen.
war es hier? sagt alisons vater.
möglich, sagte ich.
alisons vater und ich stiegen aus. alison und ihre mutter blieben im auto.
war es hier?
ich glaube, sagte ich.
warten sie da kommt jemand, sagte alisons vater.

ein soldat kam und redete mit alisons vater.
wir müssen warten, sagte alisons vater. wir stiegen wieder ins auto.
wir müssen warten, sagte alisons vater. er muss fragen ob wir die bewilligung bekommen.
war es hier? sagte alison.
keine besondere gegend, sagte alisons mutter.
ich hatte es anders in erinnerung, sagte ich.
es kann nur hier gewesen sein, sagte alisons vater. sonst war kein lazarett in der nähe.
jetzt regnet es, sagte alisons mutter.

der soldat kam zurück. tut mir leid dass sie warten mussten. der feldwebel musste erst anrufen. er wird jemand schicken der sie herumführt. sie werden leider noch warten müssen.

es hatte zu regnen aufgehört.
du wolltest eine aufnahme machen, sagte alison.
ich stieg aus und machte zwei aufnahmen, dann stieg ich wieder ein.
viel wird aus den aufnahmen nicht geworden sein, sagte ich. es ist zu trüb.
eine erinnerung ist es, sagte alison. und du kannst sie herzeigen.
sollen wir nicht weiterfahren? sagte ich. viel wird nicht zu sehen sein.
jetzt sind wir schon hier, sagte alisons vater.

als der soldat da war, stieg ich aus und alisons vater stieg aus.
nimm den schirm, sagte alisons mutter.
alisons vater spannte den schirm auf. ich ging neben alisons vater. der soldat ging neben mir im regen.
ich musste rascher gehen. alisons vater hinkte weil er ein steifes bein hatte seit er im ersten weltkrieg verschüttet gewesen war. er machte lange schritte.

war es hier? sagte alisons vater.
hier waren die krankenbaracken. die baracken waren verfallen. die schrift der schilder war ausgeblichen. officers mess stand auf einem.
sie waren schon einmal hier? sagte der soldat.
ja, sagte ich. als kriegsgefangener.
können sie die baracke erkennen in der sie wohnten? sagte alisons vater.
wir hatten zelte, sagte ich. die baracken wurden erst später aufgestellt. vor dem umzug kam ich weg.
von den zelten wird nichts mehr da sein, sagte alisons vater.
es war ein platz etwas abseits, sagte ich. eine waschbaracke war da.
kann es hier gewesen sein?

auf dem platz wuchs gras. das gras war ungeschnitten. im gras waren betonwege die an den rändern abbröckelten. als wir ins lager kamen waren die wege mit sand bestreut. wenn es regnete waren sie voll schlamm. einmal luden wir platten von einem lastauto und legten sie auf die wege. das gras mussten wir manchmal schneiden. die soldaten hatten uns sicheln ins lager gebracht. unter den stacheldrahtrollen konnten wir das gras mit den sicheln nicht schneiden. dort mussten wir es ausreissen. das taten wir nach der arbeit im lazarett oder an sonntagen.
an den betonwegen die durch das ungepflegte gras führten und an den rändern abbröckelten waren die spalten zwischen den platten die wir auf die wege gelegt hatten nicht zu erkennen. auf grösseren viereckigen flecken wuchs kein gras oder nur spärlich. dort waren reste von beton und stein.
hier waren auch baracken, sagte der soldat und zeigte auf die viereckigen flecken.
hier kann es gewesen sein, sagte ich. da sind wahrscheinlich zuerst die zelte gestanden und dann haben sie die baracken aufgestellt, und dann haben sie die baracken abgerissen.

wahrscheinlich aus wellblech, sagte der soldat.
schauen sie sich alles genau an, sagte alisons vater. können sie sich an irgend etwas besonderes erinnern?
die waschbaracke stand abseits, sagte ich. so hat sie ausgesehen. das kann die waschbaracke gewesen sein, da hörte der weg auf, bis dorthin gingen die zelte, rechts und links vom weg, und herum war der stacheldraht, dort im eck war der turm mit dem maschinengewehr. ein holzturm.
schauen sie sich alles genau an, sagte alisons vater. wir haben zeit.
ich glaube es ist nicht viel mehr zu sehen, sagte ich.

wir gingen zurück bis zum auto und es regnete nicht mehr und alisons vater trug den schirm wie einen stock.
was tun sie in diesem nest? sagte er.
ich bin in der schreibstube, sagte der soldat.
da ist doch nichts los, sagte alisons vater.
nein da ist nie etwas los, sagte der soldat.
sind sie krank?
nein.
warum tun sie dann keinen anderen dienst?
ich wurde kommandiert.
pech, sagte alisons vater.

hast du alles gesehen? sagte alison im auto.
es war nicht viel zu sehen, sagte ich.
bist du froh dass du hierwarst?
jetzt ist wenigstens schluss damit, sagte ich.
jetzt bis du es los, sagte alison.
wir werden umdrehen müssen, sagte alisons mutter. das essen wird fertig sein.
war es der richtige ort? fragte alisons vater.
ja, antwortete ich.

ärmelkanal

ein mann schenkt kaffee ein, den ein anderer austrinkt. beide haben einen gedanken.

zwei denken: kaffee. ein paar andere denken: kanal. ein paar schauen aus runden löchern heraus und denken sich: das meer.

da steht einer auf, dreht sich zur seite, nein sie will nicht mit, wer weiss ob oben die pillen auch wirken, geht dann zur treppe, die gibt es hinauf und hinunter aber für ihn nur hinauf, und hält sich fest an dabei.

das meer ist so sachlich dass man feierlich werden könnte, kalt und solid wie die marmorplatte auf dem waschtisch. von einer brücke kann man ans hinunterspringen denken, hier geht nichts unter sondern alles nach allen seiten.

wie spät ist es? ein alter mann auf krücken bleibt stehen. weitergehen, ruft ein matrose.

da geht einer zur treppe. die gibt es hinauf und hinunter aber für ihn nur hinunter. dann hat er viel zu erzählen. möven sind auch da.

antiquariat

bei tag wird das fenster der auslage hochgeschoben. dann kann jeder hineingreifen und sich ein buch herausnehmen, darin blättern und es wieder zurücklegen. wer das lang genug getan hat, hat ganz schmutzige finger. über der auslage steht: antiquariat.
sie ist gross und steht nur abends davor, nicht weil sie scheu ist aber es sind trotzdem weniger leute auf der strasse. es ist keine dunkle strasse sie ist auch nicht entlegen, aber wer es sich aussuchen kann sucht sich eine andere aus.
sie ist sehr gross und steht auf dünnen beinen sehr lange, mit einem gesicht das ganz aus weisser haut besteht, und ein komischer kleiner kerl der sehen möchte welche bücher sie in der auslage haben geht rasch weg als er merkt dass neben ihm jemand steht.
es erinnert mich an ein theaterstück da sollten eckige jungen runde mädchen spielen, bliesen ballone auf und schoben sie unter die pullover.

mandarinenkerne

vor der grossen scheibe ist die stange, denn man lehnt sich nicht absichtlich an wenn etwas ganz aus glas ist, bleibt auch nicht in der mitte stehen weil das der gang ist, und will sich nicht an die wand drängen lassen solang man hinausschauen kann.

es ist doch etwas anderes wenn man nicht allein ins konzert geht, sagt sie und macht die handtasche auf. ja das ist etwas anderes, sagt er und schaut was sie jetzt aus der handtasche herausnehmen wird.

die anderen finger hält sie gekrümmt und steif aber mit dem daumen reisst sie ein loch, stülpt ein stück schale auf, presst es an den gekrümmten zeigefinger, macht mit dem handgelenk einen ruck, steckt die hand in das zerknitterte papier in der tasche, bricht die mandarine auf den fingerspitzen mit beiden daumen auseinander und legt die grössere hälfte neben die kleinere auf den teller ihrer linken hand. danke, sagt er.

dann brechen sie die spalten herunter, eine nach der anderen, machen eine faust die oben ein loch hat, suchen mit der zunge was ein kern ist, spucken die kerne durch das loch oben in die faust, werfen sie in den flachen blechbehälter wo sie liegenbleiben auf sand der so fein ist dass er fliegen könnte, und legen die arme nieder auf die stange.

essen und es sehen

1

zum frühstück essen die rasiermesser den bart.
oskar öffnet einen spalt und schiebt ein stück fleisch heraus.
seine augen schwimmen.
oskar faltet sich. das gelände ist eng. der himmel beginnt sich zu bewölken.
oskar stützt sich auf die zunge. keine löwen begleiten ihn.
die knaben halten den urin an.
oskar wirft die nase in die luft.

2

der erste teil beginnt mit dem satz *der mann schläft gut,* welcher zwölfmal wiederholt wird. die darauffolgende frage *schläft der mann allein?* wird einmal wiederholt. der schwerhörige fragt, *wer schläft gut?* als antwort auf die frage des schwerhörigen wird der satz *der mann schläft gut* dreimal laut wiederholt. erleichtert sagt der schwerhörige, *aha, der mann schläft gut.* gleichzeitig aber wird die frage *ob der mann allein schläft?* dreimal ungeduldig wiederholt. in seiner erleichterung wiederholt der schwerhörige den satz *aha, der mann schläft gut,* während der kurze satz *der mann schläft gut,* welcher den ersten teil einleitete, nochmals wiederholt wird und auch die ungeduldige frage *ob der mann allein schläft*? ein weiteres mal zu vernehmen ist, womit der erste teil endet.
zu beginn des zweiten teiles wird ein sehr kurzer satz, nämlich *viele schlafen,* neunmal wiederholt. diesem folgt die geheimnisvolle formel:

noch ins gewicht
noch ins gewicht
dreimal und.

in viermaliger wiederholung. dann wird die frage aus dem ersten teil, *schläft der mann allein?,* wiederholt, an welche sich die dreimal wiederholte gegenfrage *warum immer der mann?* anschliesst. zweimal erklingt noch der sehr kurze satz *viele schlafen,* der den zweiten teil einleitete, der daraufhin mit dem kurzen satz *viele schlafen nicht* endet.

3

leonhard beck ging zu seinem freund david unterbrücker und fragte anton novotny, ob peter leisinger nicht tags zuvor seinem freund wilhelm engel begegnet sei, was otto ziegler entschieden verneinte. darauf dachte herbert esch: *wenn mir* etc.

4

captain schubert: ich werde ein papa.
ich: die werden sie dir wegnehmen wenn sie dir den sack aufmachen.
nurse: candie-bars.

5

der vater: da klebt schmutz drauf.
der gleiche: in meinem haus nimmt keiner eine spielkarte in die hand.
der gleiche: ich werde euch zeigen wie man ein kartenhaus baut.
ich oder der bruder: wieso klebt da schmutz drauf?
der vater: es klebt sogar blut drauf.
der gleiche erzählt die geschichte vom bruder des grossvaters.
die mutter: ein glühwein wird helfen.
ich: ich gehe den wein holen.
die mutter: aber nimm einen billigen.
die gleiche: und beim onea nimm die gewürznelken.
der vater: du bist rot im gesicht.
der bruder: ganz blau.
der gleiche: und heiss – greif einmal an.
die mutter: das ist der glühwein.
der vater: du hast doch ein fieber.
der gleiche: du musst schleunigst ins bett.
ich: hans albers.

der vater: jetzt denkt er ans kino.
die geistliche schwester, hier als krankenschwester: gott wird schon helfen.
der vater (laut): sie kann nicht mehr liegen, sie kriegt keine luft mehr.
der gleiche: und ihr geht ins kabinett.
der gleiche: kommt, kommt, kommt.
der gleiche: schaut die mama an, kinder. sie kriegt keine luft mehr. macht das fenster auf.
die geistliche schwester, hier als krankenschwester (laut): gott wird schon helfen.
der vater: warum ist denn kein arzt da?
der gleiche: da gehört doch ein arzt her. warum ist denn kein arzt da?
ich: ich laufe hinüber zum herrn schulz.
ich: sie schaut heute viel besser aus.
der vater: vielleicht können morgen die kleinen brüder schon mit.
der gleiche: sie ist im spital gut aufgehoben.
der gleiche: und über die blumen hat sie sich gefreut – das ist besser als blumen auf den friedhof.
ich: ich hätte eine grosse bitte.
der vater: aber nicht das kino.
die johanna: geht es ihr besser?
der vater: sie hat eine schlechte nacht gehabt. sie haben ihr sauerstoff geben müssen. ich fahre gleich wieder hin.
die johanna: ich leg jetzt die kinder ins bett.
ich: ich bin im badezimmer.
der vater: ich öffne die wohnungstür.
die johanna: ich weine laut ich weine.
ich: ich höre laut weinen.
der vater: ich öffne die badezimmertür.
ich: ich umarme dich, vater.
der vater: ich weine ich weine.

6

kör
per
ker
ker
cœur

7

wo die ab zu neu war viel zehn
die ab zu neu war viel zehn wo
ab zu neu war viel zehn wo die
zu neu war viel zehn wo die ab
neu war viel zehn wo die ab zu
war viel zehn wo die ab zu neu
viel zehn wo die ab zu neu war
zehn wo die ab zu neu war viel

8

wir warten.
aber wir bleiben nicht stehen.
oder wir bleiben stehen.
aber wir können die augen nicht stillhalten.
oder wir halten die augen still
und sehen es.

das gleiche

beim empfang der nachricht vom tod seiner mutter sah ich meinen vater zum ersten mal weinen. meine mutter hielt ihn wie ein kind und streichelte seinen kopf.
als mir wenige jahre später das gleiche zustiess, bemühte ich mich vergeblich, dem beispiel meines vaters zu folgen. allerdings hatte ich auch keine mutter, mich zu halten.

autobus

so werden wir auch sein, dachte der achtundzwanzigjährige, zwei frauen betrachtend.
dass man dich einmal sieht, sagte die eine zu der andern und, wartest du auch? und sie lachten und dann kam der autobus, fuhr bis zum randstein, machte die türen auf, und jeder wollte der zweite sein und machte ein gespanntes gesicht dabei.
hier ist noch platz, winkte die eine der andern und hielt die andere hand auf den leeren sitz daneben, denn es fuhren die meisten, weil ein eisiger wind ging.
weil aber soldaten zwischen den beiden standen, blieb das winken der sitzenden unbemerkt. da gab sie den platz neben sich frei, indem sie die hand auf den schoss legte. die soldaten redeten in einer fremden sprache, und der achtundzwanzigjährige wartete hinter einem katzenmantel das gesicht ab.

situation

– zwei fliegen sitzen im gleichen netz. einander nicht aus den augen lassend, hält jede die andere für eine spinne.

– zwei fliegen, sagten sie?

– ja, zwei spinnen: zwei spinnen sitzen im gleichen netz; einander nicht aus den augen lassend, hält jede die andere für eine fliege.

– sie scheinen verwirrt. erst sprachen sie von zwei fliegen, jetzt von zwei spinnen.

– das dürfte an der hauptsache wenig ändern: dass sie nämlich, die augen nicht voneinander lassend, im gleichen netz gefangen sitzen.

– also doch: zwei fliegen.

gefahr

hat die längste zeit gefahr gelaufen dass, wird nun allmählich langsamer, entgeht umso weniger der gefahr dass, gerät alsbald in vollständigen stillstand, steht andauernd in gefahr dass, nimmt zögernd sitzhaltung an, unentwegt der gefahr ausgesetzt dass, wird in zunehmendem masse müder, die äusserste gefahr darin gelegen dass, lässt sich widerstrebend einschlafen, läuft dabei gefahr dass, träumt davon.

der mantel

es war kalt
der schnee hatte alle strassen halb begraben
jedes dach war schwer beladen
da trabte der mann
der kann traben
sagten alle
aber dem mann war alles andere als warm
da sah der mann etwas
es war der mantel
der mantel kam
alle anderen waren rasch weg
aber der mann war aller angst bar
er packte den mantel
er tat den mantel an
der mantel war warm
da war dem mann bald alles andere als kalt
aber bald sah man etwas
da sagte man
der mantel macht den mann alt
das war wahr
der mantel machte den mann alt
jeder tag war acht jahre
man warnte den mann
man sagte
der mantel da macht alt
aber der mann war gar albern
er sagte
der mantel da passt
der mantel da macht warm
lasst den warmen mantel da
da sagten alle
der mantel hat den mann albern gemacht
aber der mann begann den langen weg nach ravenna
scharfe alpen schabten an den falten des mantels

aber der mantel war alpenfest
er war alle tage elegant
der mann aber war bald ganz abgeschabt
da kam der mann nach ravenna
er hatte marmelade gehabt
aber er hatte alles bald gegessen
er kam ganz matt an
da sassen alle an der tafel
alle assen falschen hasenbraten
da sass der mann bald neben den anderen
er ass rascher als alle
dann war er gegangen
wer war der alte
fragten alle
aber da lag der alte gar lange begraben
den mantel aber sah man bald da
bald an anderer stelle

eine glocke

ein krematorium geht auf zwei beinen und heisst anton. ein zweites krematorium geht auf zwei beinen und heisst mimi. die beiden krematorien gehen zu den bäumen.

das krematorium anton reisst eine kuh ab. da läutet eine glocke. das krematorium mimi reisst einen apfel ab und steckt ihn in die kuh. da wird die kuh um einen apfel grösser.

das krematorium anton steckt die kuh in den mund und beisst sie von der quaste. das krematorium mimi bohrt einen finger in die autobahn. da läutet eine glocke.

das krematorium mimi pflanzt einen apfelbaum.

im krematorium anton wird die kuh zu asche.

das lied von der blauen damaskusrose

die wilden grünen elefanten fletschen ihre zähne und pfeifen das lied von der blauen damaskusrose:

wichsleinwand, wichsleinwand
die tauben fliegen wie türschnallen.

die amazonen vernehmen das lied von der blauen damaskusrose, ziehen die staubsauger aus den ohren und spielen messing:

blass blass blass blass
blass i-punkt blass.

aber die wilden grünen elefanten sind kurzsichtig wie zahnärzte, die ins kinn bohren. da hüpfen die amazonen auf die zähne der wilden grünen elefanten, fangen das lied von der blauen damaskusrose ein und stellen es auf ihre zunge wie einen abgerichteten löffel:

wichsleinwand, wichsleinwand
die tauben fliegen wie türschnallen.

es dauert nicht lange, so ziehen die kurzsichtigen zahnärzte ihren bohrer aus dem kinn der fleischfabrik, die rote strassenwalze schmückt ihre enkelin mit girlanden zum umgang, und die vielen wilden grünen elefanten werden

blass blass blass blass
blass i-punkt blass.

die staubsauger aber schreiben kosmetische sonette und schicken sie nach messing.

grüne kuh

in den blättern blättern und in den blumen blumen und in den bäumen bäumen und in den bergen bergen und in den wiesen wiesen und in den wolken wolken und in den kühen kühen;
und in den kühen sich kühen und in den wolken sich wolken und in den wiesen sich wiesen und in den bergen sich bergen und in den bäumen sich bäumen und in den blumen sich blumen und in den blättern sich blättern;
blatt um blatt sich blättern in blättern und blau in blumen blühend sich blumen geblümt und baum in den bäumen gebäumt sich bäumen und berg birg bieg, biege gebirge, sich bergen bauend in bergen verborgen a bricklayer, und wiesen wie wiesen sich sehen und sehnen, sensen und sessel, wissende wisente wie wiesen sich wiesen, wichsen, kleinwuchs in wolken, in den wolken sich wolken wölken bäää, wölken schafe sich wohl falken flick, flieg flink, fink kuh, fink kuh, fink kuh, kuh küh kühe, kühle sich kühe in kühen kühe, kühe sich in kühen kühn kühen, kühne kühe, grün, grüne kuh.

ein gewitter

nichts als ein blitz nichts als ein blitz und ein blitz nichts
als ein blitz und ein blitz und ein blitz nichts als ein blitz
und ein blitz und ein blitz und ein blitz nichts als ein blitz
und ein blitz und ein blitz und ein blitz und ein blitz nichts
als ein blitz und ein blitz und ein blitz und ein blitz und ein
blitz und ein blitz nichts als ein blitz und ein blitz und ein
blitz und ein blitz und ein blitz und ein blitz und ein blitz
nichts als ein blitz und ein blitz und ein blitz und ein blitz
und ein blitz und ein blitz und ein blitz und ein blitz nichts
als ein donnern und nichts als ein donnern und noch ein
donnern und nichts als ein donnern und noch ein donnern
und noch ein donnern und nichts als ein donnern und noch
ein donnern und noch ein donnern und noch ein donnern
und nichts als ein donnern und noch ein donnern und noch
ein donnern und noch ein donnern und noch ein donnern
und nichts als ein donnern und noch ein donnern und noch
ein donnern und noch ein donnern und noch ein donnern
und noch ein donnern und nichts als ein donnern und noch
ein donnern und noch ein donnern und noch ein donnern
und noch ein donnern und noch ein donnern und noch ein
donnern und nichts als ein donnern und noch ein donnern
und noch ein donnern und noch ein donnern und noch ein
donnern und noch ein donnern und noch ein donnern und
noch ein donnern und regen regen regen regen regen regen
regen regen regen regen regen regen regen regen regen
regen regen regen regen regen regen regen regen regen
regen regen regen regen regen regen regen regen regen
regen regen regen

ins theater

ins theater

vater und kind
gehen ins theater.

wenn sie dort sind
beginnt das stück.

ist es aus
gehen sie zurück.

das war ein applaus!
sagen sie zur mutter.

ein anderes mal . . .

mutter und kind
gehen ins theater.

wenn sie dort sind
beginnt das stück.

ist es aus
gehen sie zurück.

das war ein applaus!
sagen sie zum vater.

ein anderes mal . . .

vater mutter und kind
gehen ins theater.

wenn sie dort sind
beginnt das stück.

ist es aus
gehen sie zurück.

das war ein applaus!
sagen sie zu einander.

ein anderes mal . . .

das kind
geht ins theater.

wenn es dort ist
beginnt das stück.

ist es aus
geht das kind zurück.

das war ein applaus!
sagt es zu den eltern.

lawinenspiel

die schifahrer (schauspieler)
verbeugen sich vor den eltern
und zerfallen zu schnee

vier leute. ein landwirtschaftliches stück

der vater: vier
die mutter: viero
viero
der vater: vier
der sohn: vierus
vierus
der vater: vier
die tochter: vierl
vierl
der vater: viers
(vierso, viersus,
viersl)

(viersich)
↓
viersicho
viersichus
viersichl

der vater: vier sicheln
die mutter: vier sicheln
der sohn: vier sicheln
die tochter: vier sicheln

auf dem schiff : ein stück

ich hab geblutet vor freude
a gibt es das
der pförtner: wer ein fussboden ist
                       wird eingelassen
schiff mit mattgemarterten matrosen
der kapitän ein pansionierter markensammler
der steuermann ein jazzfan

der erste matrose zum zweiten
der zweite „ „ ersten
der erste „ „ dritten
der dritte „ „ 1. u. 2.
der . . . . .

die braut ist bereits breit. breit
    ist sie. isst sie beiried?

du zickenbocken

das ist ja die reinste meuterei
der kapitän hat diesen satz gebrüllt
das ist ja . . .
diesen satz hat der steuermann!

vorschläge für die aufführung des stückes FATTSA

1 fenster wird eingeschlagen : FATTSA!

2 kleid wird einer frau heruntergerissen : FATTSA! (strip tease)

3 etwas wird fallengelassen – tasse zerbricht, : FATTSA!

4 kaiser franz j (hindenburg jonas klaus) knöpft sich hose mit 10 knöpfen zu, wenn fertig : FATTSA!

5 mann bewundert hochfrisur seiner frau : FATTSA!

6 mann steigt auf leiter, fällt herunter : FATTSA!

7 gruppen von menschen, aufmarsch, alle warten auf den könig, fahnenschmuck, endlich kommt der erwartete, alle knien vor ihm à la burgtheater, er sagt : FATTSA!

8 revolver eines selbstmörders, versuche ohne erfolg, nach jedem : FATTSA!

9 einer sucht etwas im kasten, findet es nicht, fetzt stück um stück heraus : FATTSA! FATTSA!

10 reiseautobus auf stadtbesichtigung, reiseführer zeigt auf sehenswürdigkeiten und erläutert : FATTSA! FATTSA!

11 karten- oder schachspielen, bei jedem zug : FATTSA!

kurzfilm

man sieht nur 1 person ein mann der läuft auf der suche nach einem klosett durch lange gänge od. stiegenhaus stiegenauf klos am gang jeweils nur eine klotüre zu erreichen da öffnet er diese türe und steht vor diesem raum und der ist bis oben vollgestopft mit klosettmuscheln er läuft weiter bis zur nächsten tür man sieht ihn laufen stiegenauf oder den gang entlang, man sieht praktisch nichts anderes als wände und die eine tür der er entgegenstrebt, er reisst die 2 tür auf und ist voll mit nachtgeschirr, die totale des aborts, man sieht nicht seinen schweifenden blick dann läuft er weiter zur 3 tür und reisst sie auf und da ist das vollgestopft mit kompakt sitzenden menschen unbeweglich menschen keine puppen die auf dem klo sitzen er läuft weiter zur 4 tür reisst sie auf und stürzt in einen abgrund, stürzt in die leere, da ist nichts man sieht in totale: man sieht nichts dann ihn wie er hineinstürzt und weg ist es ertönt majestätisch jubelnde orgelmusik und langsam taucht von unter her, wobei die kamera starr – taucht klomuschel auf bis zur normalen höhe, steht still, man sieht nichts anderes als ein richtiges klosett, leuchtend ende

parasitäres stück

im anschluss an ein klassisches sprechstück

dauer: 10 (oder weniger) minuten

anmerkung 1
der beginn des parasitären stückes ist vom ende des vorangegangenen klassischen sprechstücks durch eine pause getrennt

anmerkung 2
dieses stück ist gewidmet: dem wiener burgtheater und allen die es am leben erhalten

personen

die personen der letzten 10 (oder weniger) minuten des vorangegangenen klassischen sprechstücks in unverändertem charakter und unveränderter aufmachung

ort

der ort (die orte) der letzten 10 (oder weniger) minuten des vorangegangenen klassischen sprechstücks in unveränderter anlage und ausstattung

handlung

die handlung (handlungen, bewegungen, auftritte und abgänge) der letzten 10 (oder weniger) minuten des vorangegangenen klassischen sprechstücks in unveränderter ausführung

text

ersetzung alles in den letzten 10 (oder weniger) minuten des vorangegangenen klassischen sprechstücks gesprochenen durch mit heraushängender zunge unter einhaltung der zeitdauer des gesprochenen ausdruckslos gelalltes. das bei diesem lallen entstehende stereotype geräusch ist in rhythmus und klang am ehesten mit einer reihe in einem einzigen exhalationsstrom hervorgestossener rasch aufeinander folgender kurzer l-laute (l-l-l-l-l) vergleichbar.

szenen aus dem wirklichen leben

musik: ernst kölz

f = frau
m1 = erster mann
m2 = zweiter mann
chor

1. *erster anfang : hörprobe* (zum publikum)

m1 ________ f ________ m2

m1	:	höherhören
m2	:	höherhören
m1,m2,f	:	höherhören
m1	:	höherhören
m2	:	höherhören
m1,m2,f	:	höherhören
m1	:	höherhören
m2	:	höherhören
m1,m2,f	:	höherhören
		höherhören

m1	:	kennen sie mich herren
m2	:	kennen sie mich herren
f	:	kennen sie mich herren
m1,m2,f	:	meine damen und herren

(blackout)

2. *intermezzo für schwerhörige* (musik)

3. *zweiter anfang*

f
:
m1_______ : _______m2
:
f

m1 (zu m2) : lauter
m2 (zu m1) : lauter!
m1 (zu m2) : lauter!!
m2 (zu m1) : lauter!!!
m1 (zu m2) : lauter!!!!
f (tritt vor, zum publikum)
: lauter leise leute

(blackout)

4. *aufforderung und ablehnung*

m1______________f (separat angestrahlt)

m1 : kommen sie mit mühe
kommen sie mit mühe
kommen sie mit mühe
f (während das licht auf sie stärker wird)
: viel leucht
m1 : kommen sie mit mühe
kommen sie mit mühe
kommen sie mit mühe
f (während das licht auf sie schwächer wird . . .)
: acht neun
(. . . allmählich verlöscht und wieder aufleuchtet)
m1 : kommen sie mit mühe
kommen sie mit mühe
f (während das licht auf sie stärker wird)
: ffffffleucht
m1 : kommen sie mit mühe
kommen sie mit mühe

f (während das licht auf sie schwächer wird . . .)
: c----hneun
(. . . allmählich verlöscht und wieder aufleuchtet)
m1 : kommen sie mit mühe
f (während das licht auf sie stärker wird)
: LEUCHT
m1 : kommen sie mit mühe
f (während das licht auf sie verlöscht)
: NEUN

5. *einsamkeit*

________m1________________________

m1 :

c----------h
c----------h
ic----------h
ic----------h
dic----------h
dic----------h
c-----hdic----------h
c-----hdic----------h
ic----------h
ic----------h
c------------------h

6. *eulen*

m1__________________f

f : bist eulen?
m1 : ja
bin eulen
ja ja
sehr eulen
–
bist auch eulen?

f : ja
bin auch eulen
sehr eulen
ja ja
–
will aber nicht mehr eulen sein
bin schon zu lang eulen gewesen
m1 : will auch nicht mehr eulen sein
bin auch schon zu lang eulen gewesen
f : ja
m1 : mit dir da
f : mit dir da auch
m1 : bin nicht mehr eulen ja
f : bin nicht mehr eulen auch
m1 : ja ja
f : ja ja auch

m1 : doch wer einmal eulen war
der wird eulen bleiben immer
ja
f : ja ja

(während m1, f sich einander nähern, schliesslich einander bei der hand nehmen, wie zum eheversprechen, zuletzt m2 von hinten feierlich hinzutritt, feierlich seine rechte über die beiden vereinigten rechten hände legt)
m1 : nein
f : nein
m1 : nein
f : nein
m1 : nein
f : nein
m1 : nein

7. *der bund*

m2
m1 – f

m2 : eine
rechte
hand
–
in einer
rechten
hand
m1,f : da gehören zwei dazu
m2 : zwei
m1 : rechte
f : hände
m2 : und an der
f : einen
m1 : ich
m2 : und an der
m1 : andern
f : du
m1,f : da gehören zwei dazu
m2 : ein
m1 : ich
f : und
m2 : ein
f : du

8. *das schwören*

m2 (zu m1) : schwör
m1 (zu f) : schwör
f (zu m1) : schwör
m2 (zu f) : schwör
(zu m1) : schwör
m1 (zu f)
f (zu m1) : schwör

m2 (zu beiden)
m1 (zu f) : schwör
f (zu m1)

f : beschwörde
m1 : beschwörde
m2 : beschwörde
beschwörde
m1,m2,f : BESCHWÖRDE

9. *der bund (fortgesetzt)*

m2 : eine
rechte
hand
–
in einer
rechten
hand
m1,f : da gehören zwei dazu
f : zwei
m1,f : rechte
m1,m2,f : hände
m2 : zwei recht
f : feste
m1,m2,f : hände
m2 : zwei recht
f : feste
m1 : feuchte
m1,m2,f : hände

m2 (innig) : feucht euch des klebens
m1,f (heftig): feucht euch des klebens
m1,m2,f (zum publikum, demonstrativ)
: FEUCHT EUCH DES KLEBENS

(blackout)

10. *chor*

aber bald ist alles ganz anders
aber bald ist alles wieder beim alten
aber bald ist alles wieder beim alten ganz anders
aber bald ist alles ganz anders wieder beim alten

11. *die freiheit (konzeption)*

m1 · · · f · · · m2

(f abwechselnd nach m1 und m2 blickend, m1,m2 abwechselnd näherrückend)

f : e mann
e mann
e mann
e mann
e mann

E MAN ZI PA ZIOOOO ON

12. *die freiheit (realisiert)*

m1-f-m2

f : in die effnung
vier dein glied ein
glicklich zu sein

(immer rascher:)

m1 : glick
m2 : glick
m1 : glick
m2 : glick
m1 : glick
m2 : glick
m1 : glick
m2 : glick
m1 : glick

m2	:	glick
m1	:	glick
m2	:	glick
m1	:	glick

13. *angst vor folgen* und: *ein ausweg nach goethe*

f (nasal)	:	aaaaaaaaaaaaaaaaaaaaaaaaaaaaaa
		gst
		aaaaaaaaaaaaaaaaaaaaaaaaaaaaaa
		gst
		aaaaaaaaaaaaaaaaaaaaaaaaaaaaaa
		gst
		aaaaaaaaaaaaaaaaaaaaaaaaaaaaaa
m1	:	üüüüüüüüüüüüüüüüüüüüüüüüüüüüü
m2	:	ber allen gipfeln ist ruuu
		üüüüü
m1	:	ber allen gipfeln ist ruuu uuu
		üüüüü
m2	:	ber allen gipfeln ist in ruuu uuu
		üüüüü
m1	:	ber allen gipfeln ist in der ruuu uuu
		üüüüü
m2	:	ber allen gipfeln ist in der ruuu duuu
		üüüüü
m1	:	ber allen gipfeln ist INTERRUUU PTUUU
m1,m2,f	:	sssssssssssssssssss
		sssssssssssssssssss
		sssssssssssssssssss
(explosiv)		pfff

(blackout)

14. *intermezzo : kurzer marsch*

15. *die freuden*

f__m1

f : HABEMUS PAPAM
m1 : HABEMUS MAMAM
f, m1 : HABEMUS BUBIM
m2 (auf dem boden auf f zu heranrutschend)
m2 : MAMA MAMA MAMA
–
ÜCH
WÜLL
SPÜLEN
–
f : SPÜL DÜCH
MEUN KÜND

(blackout)

15a (ad lib.) *WERBETEXT*

m1,m2,f

m1 (zu m2) : deinl kaffeel
f : seinl kaffeel
m1,f : schmecktl nichtl

m1,m2 : unserl
f : euerl
m1,m2 (zum publikum, auf f zeigend)
: ihrl kaffeel
m2 : schmecktl nichtl

m1 : esl
f : schmecktl
m2 : nurl

m1,m2,f : MEINL KAFFEEL (blackout)

16. *chor*

ruhiger werden
ruhiger werden
ruhiger und ruhiger werden und werden
aaaaab-
    klingen
aaaaab-
    klingen
aaaaab-

17. *tohuwabohu*

f______________m1 (sitzend, mit dem rücken zu f)

f : hu
–
m1 : bo
–
f : hu
–
m1 : bo
–
f : hhu
–
m1 : bo
–
f : otto
–
m1 : bo
–
f : ottto
–
m1 : bo
–
f : ohoo
–
m1 : bo
–
f : o

chor : ruhiger werden und werden

(f ab; m2 mit hut tritt auf, auf m1 zu, beide zueinander)

m2 : babba
m1 : babba
m2 : toobaba
m1 : toobaba
m2 : tohuubaba
m1 : tohuubaba
m2 : tohuwaababa
m1 : tohuwaababa
m2 : tohuwaboobaba
m1 : tohuwaboobaba
m2 : tohuwabohuubaba
m1 : tohuwabohuubaba
m2 : tohuwaboobaba
m1 : tohuwaababa
m2 : tohuubaba
m1 : toobaba
m2 : babba

chor : aaaaab-
klingen
aaaaab-

m2 : oooha
oooha
oooha
–
m1 : uhu
–
m2 : oho

chor : ruhiger und ruhiger werden und werden
(knall)

m2 : tot
m1 : tut
m2 : tat
m1 : tot
m2 : tu
–
m1 : totuuutatotu
m2 : totutaaatotu
m1 : totutatoootu
(knall)
m2 : toootutatotu
(m1 hingestreckt auf dem boden)
m2 : tut tut
–
tut tut
–
m1 (liegt) : tut tut
–
m2 : tut tot
–
(zieht hut) hut ab
–
(zieht hut) hut ab
–
(zieht hut) hut ab

von hinten erscheint f, mit blutüberströmter vorderseite

m2 : o
oo
ooo
oooo
ooooo

a watta
a watta
a watta
(blackout)

17 a (ad lib.) *moritat*

m2 : die der das taten waren
der die das taten war
der die das tun sah war
das die der taten war

die der das taten waren
der die das taten war
der die das tun sah war
das die der taten war

die der das taten waren
der die das taten war
der die das tun sah war
das die der taten war

die der das taten waren
der die das taten war
der die das tun sah war
das die der taten war

die der das taten waren
der die das taten war
der die das tun sah war
das die der taten war

die der das taten waren
der die das taten war
der die das tun sah war
das die der taten war

die der das taten waren
der die das taten war
der die das tun sah war
das die der taten war

die der das taten waren
der die das taten war
der die das tun sah war
das die der taten war

die der das taten waren
der die das taten war
der die das tun sah war
das die der taten war

die der das taten waren
der die das taten war
der die das tun sah war
das die der taten war

die der das taten waren
der die das taten war
der die das tun sah war
das die der taten war

die der das taten waren
der die das taten war
der die das tun sah war
das die der taten war

18. *chor*

aber bald ist alles ganz anders
aber bald ist alles wieder beim alten
aber bald ist alles wieder beim alten ganz anders
aber bald ist alles ganz anders wieder beim alten

19. *(und sie waren einander eine stütze)*
m1–f

m1	:	loch
		loch doch
		so loch doch
		so loch doch schon
		so loch doch
		loch doch
f	:	üch loch müch kronk

20: *erster schluss : sonett*
m1, m2, f

m1	:	so nett
m2	:	so nett
f	:	so nett
m1,m2,f	:	SO NETT
f	:	so nett
m2	:	so nett
f	:	so nett
m1,m2,f	:	SO NETT
m2	:	so nett
m1	:	so nett
m1,m2,f	:	SO NETT
m1	:	so nett
m1,f	:	so nett
m1,m2,f	:	SO NETT

21. *zweiter schluss (tanz, auf der stelle)*

m1,m2,f : minz den gaawn
bill den baud
minz den gaawn
bill den baud
f : kittl koo
kittl koo
m1,m2,f : minz den gaawn
gnaz den eschn
ruttl znop

22. *dritter schluss : ende*

m1,m2,f : sssssssssssssssssssssssssssssssssssso!

(finisH)

NACHRUF – EIN FILM in schwarzweiss

1 schwarz die tiefe des weltraums, übersät von sternen verschiedener grösse, spiralnebeln, milchstrassen. keine bewegung – ausser dem funkeln der sterne.

2 aus der tiefe des raums taucht, im unteren drittel der bildmitte, ein leuchtender runder flugkörper, erst nur durch seine bewegung, nicht durch seine grösse von den umgebenden sternen unterschieden; im flug von unten auf den bildmittelpunkt zu allmählich grösser werdend, erscheint dieser flugkörper erst vage, dann deutlich, als ein kopf, ein gesicht.

es ist das gesicht eines mannes, alterslos, blass, ohne bart, über der nicht zu hohen stirn abgeschlossen von einem schimmernden flaum von haar. das gesicht, immer genau von vorn symmetrisch in der bildmitte, wirkt weder schlaff noch straff; es ist von einer seltsamen, nur angedeuteten flachheit, leblos, doch nicht mit bestimmtheit tot. mund und augen sind geschlossen, nicht krampfhaft, sondern die lippen, die lider, leicht aneinandergelegt. die geschlossenen augenlider wirken gerade in dem mass eingesunken, dass zweifel möglich ist, ob dahinter augäpfel sind. der gesamteindruck des gesichts könnte vermuten lassen, dass der knochenschädel dahinter nicht mehr vorhanden ist, obwohl die gesichtsform hält. es ist, in nuancen seiner plastischen form, wie ein gummigesicht, eine maske aus gummi, ausgebreitet gehalten doch nicht übergezogen; in seinem gewebe hingegen besteht es, jenseits von zweifel, aus dem material eines echten gesichts.

3 sobald nur noch ein schmaler streifen das grösser werdende gesicht vom oberen und unteren bildrand trennt, steht es still und behält bis gegen ende seine grösse und haltung. am punkt, da das gesicht zum stillstand kommt, setzt, an allen vom gesicht nicht verdeckten stellen des sichtbaren weltraums, der flug der

sterne ein, gleichmässig, auf einen vom gesicht verdeckten zielpunkt in unendlicher ferne zu. dieses vorbeiströmen der sterne nach hinten gibt den eindruck, dass der flug des gesichtes durch den raum fortdauert. während einiger sekunden ereignet sich sonst nichts.

4 aus der mitte des linken auges, zwischen den geschlossenen lidern hervor, ohne weitere veränderung des auges, tritt in langsamer drehung, mit der spitze voran, ein schräubchen, fällt heraus, gefolgt von dem vorderen ende eines ins leere stossenden, sogleich wieder zurückgezogenen schraubenziehers. das schräubchen kollert kurz über das oberste stück wange, fällt herab und verschwindet im unteren bildrand. am auge hat sich nichts verändert. während einiger sekunden ereignet sich nichts.

5 aus der mitte des rechten auges, zwischen den geschlossenen lidern hervor, sie an dieser stelle aufspreizend, aber sonst ohne veränderung des auges, tritt in langsamer drehung, wesentlich mächtiger als das schräubchen, die schraube eines korkziehers, wird bedächtig weitergedreht und in solcher länge sichtbar, als ein korkzieher beim entkorken einer flasche in den kork eindringt, und wird dann, wie beim entkorken, nach kurzem anhalten mit einem heftigen ruck nach hinten zwischen den lidern, die sofort wieder in ihre ursprüngliche stellung zurückschnappen, herausgezogen. während einiger sekunden ereignet sich nichts.

6 aus dem linken auge, zwischen den geschlossenen lidern hervor, von einem durchmesser, der etwa zwei drittel der länge des spalts der geschlossenen lider beträgt, schiebt sich langsam, den kopf voran, der schwarze körper einer schlange. sobald genug körper aus dem auge getreten ist, um der schlange ein freies bewegen des kopfes zu gestatten, wippt ihr kopf, züngelnd, vorsichtig einige male nach links und rechts, bewegt sich dann, während der körper weiter aus dem linken auge gleitet, langsam auf das rechte auge zu,

schiebt sich in dieses hinein und beschreibt im weiteren, während der lange körper unaufhörlich aus dem linken auge gleitet, langsam folgenden weg: aus dem rechten ohr heraus; nach wippenden suchbewegungen hinüber zur rechten nasenöffnung; in diese hinein; aus dem linken ohr heraus; nach wippenden suchbewegungen hinunter zum mund; in diesen hinein; aus der linken nasenöffnung heraus. sobald, kopf voran, der körper sich aus der linken nasenöffnung schiebt, zieht die schlange ihr körperende aus dem linken auge heraus; sie ist nun in ihrer ganzen länge, im kopf des mannes verschlungen, hervorgetreten. das linke auge des mannes ist unverändert wie zu beginn. während der körper sich weiter aus der linken nasenöffnung herausschiebt und der kopf sich nach wippenden suchbewegungen züngelnd dem linken auge nähert, zieht sich das körperende durch das rechte auge des mannes in den kopf des mannes zurück, wonach das rechte auge des mannes unverändert ist wie zu beginn. die schlange taucht mit dem kopf in das linke auge hinein und zieht, gleichmässig und langsam, ihren körper nach, bis als letzter sichtbarer rest das körperende der schlange im linken auge verschwindet.

7 kaum ist im linken auge das körperende der schlange verschwunden, beginnen die bisher nicht sichtbaren zähne des mannes so zu wachsen, dass die langsam länger werdenden zähne die beiden kiefer gleichmässig und langsam nach oben und unten auseinanderdrücken, während die beiden zahnreihen immer geschlossen bleiben und die berührungslinie zwischen den beiden zahnreihen nicht von der stelle rückt. die zähne wachsen weiter, der oberkiefer wird immer weiter nach oben, der unterkiefer immer weiter nach unten gezwungen, die lippen werden immer weiter zerdehnt, bis schliesslich der mundraum, dargestellt durch die enorm langen zähne und die zum zerreissen gespannten lippen, ein oval geworden ist, das sich von der scheitelstelle des kopfes bis zur kinnstelle des kopfes erstreckt; stirn,

augen und kinn sind bei diesem vorgang allmählich an die nicht sichtbare seite des kopfes verdrängt worden, nur ein stück nase, mit den nasenöffnungen, ist ganz oben zu sehen, eine kleine spitze mütze. rechts und links von dem oval stehen, aufs äusserste gedehnt, die wangen, mit den ohren dran. so bleibt das gesicht eine zeitlang unbeweglich, dann, von oben und unten gleichzeitig, als hätten die zähne plötzlich allen halt verloren und würden in den ober- und unterteil des gesichts jäh zurückfahren, rutscht das gesicht in sein ursprüngliches aussehen zurück. während einiger sekunden ereignet sich nichts.

8 mit einem schlag stülpt sich die nase nach innen. so ist an der stelle der nase eine nische entstanden. nach einigen sekunden ohne veränderung wird in dieser nische ganz langsam ein liebliches standbild der madonna sichtbar. durchscheinend erst, gewinnt es allmählich an substanz und erscheint schliesslich ganz fest, ein gegenstand, aus einer masse, etwa gips. um dieses standbild herum, gegen welches die nische nun sehr dunkel wird, erhebt sich, im rahmen der nische, ein wundersames leuchten. einige zeit ereignet sich nichts, dann rasselt vor dem bild, die kontur der nische, der nasenstelle, genau einhaltend, ein rolladen herab. die nische bleibt durch die gewellte blechfläche des rolladens verschlossen.

9 kaum ist der rolladen heruntergerasselt, beginnt der ganze kopf seine haltung zu verändern; er neigt sich langsam vor, die augen senken sich tiefer, die stirn wölbt sich nach vorn, darüber gross das schädeldach, an dem ein flaum von haar kaum auffällt; das kinn, zugleich, erscheint nach hinten gezogen, kleiner und spitzer. in seiner höhe nimmt der kopf nun nicht weniger raum ein als vorher, nur seine haltung ist anders. zugleich mit der änderung der haltung verändern sich die konturen, beginnen an stellen zu verschwimmen, stirn und schädel bewegen sich langsam, wolkig, wie atmend, werden langsam zu langsam sich verändernden wolken;

die augen, geschlossen, fliessen in einen einzigen langen geschlossenen spalt zusammen, der sich, samt den umliegenden partien, immer mehr in die breite zieht und das obere bilddrittel nach unten begrenzt; die augenbrauen, bisher nicht auffallend, brennen plötzlich sprühend ab; sobald ihr letzter funke erlischt, beginnt es aus dem langen horizontalen spalt dicht zu schneien, grosse weisse flocken, die im unteren bildrand versinken. gewölk im oberen bilddrittel, dichter schneefall im übrigen bild lassen vom hintergrund – weltraum mit ziehenden sternen – nichts mehr sichtbar.

10 in den wolken im oberen bilddrittel wird, links an der mitte, nackt, behaart, sitzend, neptun mit dreizack sichtbar; dann, rechts neben ihm sitzend, das lange kleid faltig gerafft, der nazarener; dann, in der mitte über den beiden, in einem lichterkranz eine weisse taube mit ausgebreiteten schwingen. diese figuren bewegen sich nicht; nur neptun wirkt echt, der nazarener hingegen künstlich, aus einer masse wie gips, künstlich auch die taube. nach einigen sekunden verblasst die gruppe, wird transparent, löst sich auf, während zugleich an der gleichen stelle gross die ziffer 3 eingeblendet wird und schliesslich, gegen den hintergrund der sich ständig langsam verändernden wolken, strahlend leuchtet. nach einigen sekunden legt sich die 3, immer zentral, so auf den rücken, dass sie ein leuchtendes omega ω bildet, das allmählich, und dabei blässer werdend, anwächst, bis es genau auf die kontur eines arsches im hocken passt, der nun eingeblendet wird und das spiel der wolken nur noch unterhalb und ganz an den seiten zulässt. der arsch, der das obere bilddrittel zu einem grösseren teil füllt, ist ein solides stück fleisch, blass, ohne leuchten, und zweifellos echt. das arschloch beginnt zu arbeiten, dann fallen in ununterbrochener folge kleine dunkle brocken heraus, die, sobald sie in die schneiende bildzone eintreten, sich in kleine gartenzwerge verwandeln, die, zwischen den schneeflocken niederschwebend, sich

vergrössern und dann im unteren bildrand versinken. zu diesen gartenzwergen mischen sich aus der gleichen quelle einzelne krippenfiguren, niederschwebend und versinkend: josef; zwei hirten; die 3 könige; ein lamm; ein engel. als letzte dieser figuren schwebt das kind nieder, auf dem rücken liegend, ohne krippe; es schwebt am langsamsten und wird, leuchtend, am grössten. während seines sinkens endet in der zone, die es jeweils durchmessen hat, der schneefall. dort wird der schwarze weltraum, mit sternen, die stillstehn, sichtbar und breitet sich nach oben, bis an den arsch heran, aus.
wenn das kind im unteren bildrand versunken ist, zeigt das bild im oberen drittel den arsch weiterhin in gleicher stellung, nicht mehr scheissend, und im übrigen den schwarzen weltraum voll funkelnder sterne, die sich nicht von der stelle bewegen. kaum ist der letzte rest des kindes nach unten verschwunden, schiesst aus dem arschloch, in richtung schräg nach rechts unten, wie ein blitzstrahl der name e r n s t j a n d l in leuchtschrift und bleibt einige sekunden, sich vom arschloch schräg nach unten an den rechten bildrand erstreckend, unbewegt stehen, während oben der arsch verdunkelt, bis auch an seiner stelle der schwarze raum mit den sternen da ist.
mit einem einzigen mächtigen ruck, während die leuchtschrift weiterhin stillsteht, setzt die bewegung aller sterne ein, etwas rascher als zu beginn, nach hinten, auf einen unendlich fernen zielpunkt zu.
das licht der schrift wird noch intensiver. ein beben geht durch die schrift, als wollte sie sich losreissen. dann schiessen die buchstaben, einzeln, in unregelmässiger folge, aus der linie der schrift heraus, jeder in der gleichen richtung, eine kurve nach links, kurz abwärts, dann aufwärts und unerhört rasch, wie leuchtende raumschiffe, in der richtung der sterne hinein in den raum.

der raum

szenisches gedicht
für beleuchter und tontechniker

I buch des beleuchters (gerade gedruckt)
II buch des tontechnikers (kursiv gedruckt)

anmerkung 1
die realisation von I und II erfolgt simultan
anmerkung 2
aufführbarkeit und grad der realisierbarkeit werden durch beleuchter und tontechniker bestimmt

1
zuschauerraum hell
bühne hell
2
zuschauerraum weniger und weniger hell
bühne heller und heller
3
zuschauerraum total dunkel (bleibt)
bühne hellstens
4
keine veränderung
5
bühne weniger und weniger hell
6
bühne sehr wenig hell (bleibt)
7
keine veränderung
8
lichtpunkt hell sehr hell
funkelnd
zu schweben scheinend
in kopfhöhe eines dort nicht stehenden
zentral in
raum der bühne
9
lichtpunkt hell sehr hell
langsam langsam
sich vergrössernd
zuschauergefühl: lichtpunkt näherkommend
10
lichtpunkt hell sehr hell
langsam langsam
sich vergrössernd
form verändernd sich
a-u-s-e-i-n-a-n-d-e-r-z-i-e-h-e-n-d
lichtstreif rechteck

11

lichtstreif — hell sehr hell
langsam langsam
sich vergrössernd
form verändernd in
punkte (vier)
....
dicht aneinander

12

.... — hell sehr hell
langsam langsam
sich vergrössernd
form verändernd in
beinah-lettern (vier)
x x x x

13

x x x x — hell sehr hell
langsam langsam
sich vergrössernd
form verändernd in
lettern
l, e, e, r

14

l e e r — hell sehr hell
lesbar geworden
langsam weniger langsam
sich vergrössernd
unlesbar werdend
form verändernd in
lichtflecken
heftig sehr heftig
einen moment nach
deutlichster lesbarkeit ein
schlag — *das theater erschütternd*
von resonanzdauer des
(nicht gesprochenen) wortes l e e r
zuschauergefühl: überschallknall

15

lichtflecken	hell sehr hell
	rasch weniger langsam
	sich vergrössernd
	zu pulsieren beginnend
	lichtstösse
	tief hinein in
	zuschauerraum
zuschauergefühl:	augenangst
	einen moment nach schlag
echo	*von bühne aus*
	grollend sehr grollend
	anschwellend anschwellend
	rollend hinein in
	zuschauerraum
	füllend

16

lichtstösse	hell sehr hell
	rasch sehr rasch
	dynamik verändernd in
	lichtsprühen
	dicht allseits in
	zuschauerraum
	rasch sehr rasch
	(tonhöhe steigend)
	sich verschärfend zu
zischen	*scharf sehr scharf*
	dicht allseits in
	zuschauerraum

17

lichtsprühen	hell sehr hell
	bis gegen decke und wände
	langsam weniger dicht
	bis in fernste winkel
	rasch weniger dicht
	sprühreste bis
	versprüht

zischen *scharf sehr scharf*
bis gegen decke und wände
langsam weniger dicht
bis in fernste winkel
rasch weniger dicht
zischrest bis
verzischt

18
bühne sehr wenig hell (geblieben; bleibt)

19
keine veränderung

20
lichtpunkt sehr hell sehr sehr hell
funkelnd
zu schweben scheinend
in kopfhöhe eines dort nicht stehenden
zentral in
raum der bühne

21
lichtpunkt sehr hell sehr sehr hell
langsam langsam
sich vergrössernd

22
lichtpunkt sehr hell sehr sehr hell
langsam langsam
sich vergrössernd
form verändernd sich
a-u-s-e-i-n-a-n-d-e-r-z-i-e-h-e-n-d
lichtstreif rechteck

23
lichtstreif sehr hell sehr sehr hell
langsam langsam
sich vergrössernd
spaltend in
zwei lichtstreifen
seite an seite
rechteck rechteck

24

lichtstreifen sehr hell sehr sehr hell
langsam langsam
sich vergrössernd
form verändernd in
punkte (sechs) abstand punkte (vier)
....
punkte dicht
aneinander

25

.... sehr hell sehr sehr hell
langsam langsam
sich vergrössernd
form verändernd in
(sechs abstand vier) beinah-lettern
x x x x x x   x x x x

26

x x x x x x   x x x x   sehr hell sehr sehr hell
langsam langsam
sich vergrössernd
form verändernd in
lettern abstand lettern
b, l, e, i, b, t, abstand l, e, e, r

27

b l e i b t   l e e r   sehr hell sehr sehr hell
lesbar geworden
langsam weniger langsam
sich vergrössernd
unlesbar werdend
form verändernd in
lichtflecken
sehr heftig sehr sehr heftig
einen moment nach
deutlichster lesbarkeit zwei
schläge   *das theater erschütternd*
von resonanzdauer der
worte (nicht gesprochen) ***b l e i b t   l e e r***
zuschauergefühl: *erdstösse*

28	
lichtflecken	sehr hell sehr sehr hell
	rasch weniger langsam
	sich vergrössernd
	zu pulsieren beginnend
	lichtstösse
	tief hinein in
	zuschauerraum
zuschauergefühl:	augenschock
	einen moment nach schlägen
echo	*von bühne aus*
	sehr grollend sehr sehr grollend
	anschwellend anschwellend
	rollend hinein in
	zuschauerraum
	füllend
29	
lichtstösse	sehr hell sehr sehr hell
	rasch sehr rasch
	dynamik verändernd in
	lichtsprühen
	dicht allseits in
	zuschauerraum
	rasch sehr rasch
	(tonhöhe steigend)
	sich verschärfend zu
zischen	*sehr scharf sehr sehr scharf*
	dicht allseits in
	zuschauerraum
30	
lichtsprühen	sehr hell sehr sehr hell
	bis gegen decke und wände
	langsam weniger dicht
	bis in fernste winkel
	rasch weniger dicht
	sprühreste bis
	versprüht

zischen — *sehr scharf sehr sehr scharf*
bis gegen decke und wände
langsam weniger dicht
bis in fernste winkel
rasch weniger dicht
zischrest bis
verzischt

31

bühne sehr wenig hell (geblieben; bleibt)

32

keine veränderung

33

sprühreste — wiederkommend
aus fernsten winkeln
aus decke und wänden
im umgekehrten weg
sprühend zurück in
zuschauerraum
mehr und mehr dicht
sehr hell sehr sehr hell ja hellstens

zischrest — *wiederkommend*
aus fernsten winkeln
aus decke und wänden
im umgekehrten weg
zischend zurück in
zuschauerraum
mehr und mehr dicht
sehr scharf sehr sehr scharf ja schärfstens

34

lichtsprühen — wiederkommend
rasch zusammengesetzt
aus sprühresten dicht sehr dicht
im umgekehrten weg
dicht allseits in
zuschauerraum
rasch rasch
sehr hell sehr sehr hell ja hellstens

zischen

wiederkommend
im umgekehrten weg
aus zischrest dicht sehr dicht
rasch verstärkt
sehr scharf sehr sehr scharf ja schärfstens
dicht allseits in
zuschauerraum
füllend

35
lichtstösse

wiederkommend
aus lichtsprühen zurück
tief hinein in
zuschauerraum
stossende balken licht
sehr hell sehr sehr hell ja hellstens
langsam weniger rasch
langsam kürzere stösse
langsam langsam
(tonhöhe sinkend)

echo

wiederkommend
sehr grollend sehr sehr grollend ja grollendst
langsam langsam
rollend zurück auf
bühne zu
abschwellend abschwellend

36
lichtflecken

wiederkommend
aus lichtstössen zurück
ruhig fliessend
gruppierend drei vier neun
lichtstellen
XXX XXXX XXXXXXXXX
beinah-lettern (gross)
sehr hell sehr sehr hell ja hellstens
langsam langsam zurück
sich verkleinernd

einen moment nach
echo-ende fünf
schläge *das theater erschütternd*
im sprechrhythmus von
(nicht gesprochen) i s t l e e r g e b l i e b e n
zwei vier sehr heftig sehr sehr heftig ja
heftigst
eins drei fünf heftig doch weniger
(ende schlag fünf
einen moment vor
ruck zur lesbarkeit)

37
mit einem ruck
38
i s t l e e r g e b l i e b e n sehr hell sehr sehr hell ja
hellstens
deutlichst
lesbar geworden
39
mit einem ruck
40
x x x x x x x x x x x x x x x x sehr hell sehr sehr hell ja
hellstens
beinah-lettern (klein)
ruhig fliessend zurück
rasch weniger langsam
sich verkleinernd in
punkte (drei vier neun)
... .
punkte dicht
aneinander
41
... . sehr hell sehr sehr hell ja hellstens
weniger langsam rasch
sich verkleinernd sich
zurück zusammenziehend
seite an seite seite an seite

drei lichtstreifen
rechteck rechteck rechteck

42

lichtstreifen — sehr hell sehr sehr hell ja hellstens
rasch rasch
sich verkleinernd sich zurückziehend
zusammenschliessend in
einzigen
lichtstreif rechteck

43

lichtstreif — sehr hell sehr sehr hell ja hellstens
rasch sehr rasch
sich zusammenziehend in
(in kopfhöhe eines dort nicht stehenden
zentral in
raum der bühne)
lichtpunkt
zu schweben scheinend
funkelndst

44

lichtpunkt — sehr hell sehr sehr hell ja hellstens
funkelndst
zu schweben scheinend
in kopfhöhe eines dort nicht stehenden
zentral in
raum der bühne

bühne sehr wenig hell (geblieben)

45

lichtpunkt — sehr hell sehr sehr hell ja hellstens
funkelndst
zu schweben scheinend
in kopfhöhe eines dort nicht stehenden
zentral in
raum der bühne

bühne sehr viel weniger hell

46

lichtpunkt — sehr hell sehr sehr hell ja hellstens
funkelndst

zu schweben scheinend
in kopfhöhe eines dort nicht stehenden
zentral in
raum der bühne
bühne sehr viel weniger sehr viel weniger hell (wenigst)
47
lichtpunkt sehr hell sehr sehr hell ja hellstens
funkelndst
zu schweben scheinend
in kopfhöhe eines dort nicht stehenden
zentral in
raum der bühne
bühne total dunkel (bleibt)
48
keine veränderung
49
lichtpunkt sehr hell sehr sehr hell ja hellstens
funkelndst
zu schweben scheinend
langsam langsam
entfernt
zu schweben scheinend
sehr hell sehr sehr hell
entfernt sehr entfernt
zu schweben scheinend
hell sehr hell
sehr entfernt sehr sehr entfernt
zu schweben scheinend
hell
entferntest
zu schweben scheinend
dunkel
50
bühne total dunkel (bleibt)
zuschauerraum total dunkel
51
zuschauerraum hell

statements and peppermints

das sprechgedicht

das sprechgedicht wird erst durch lautes lesen wirksam. länge und intensität der laute sind durch die schreibung fixiert. spannung entsteht durch das aufeinanderfolgen kurzer und langgezogener laute (boooooooooooooooooooooo rrrrrannn), verhärtung des wortes durch entzug der vokale (schtzngrmm), zerlegung des wortes und zusammenfügung seiner elemente zu neuen, ausdrucksstarken lautgruppen (schtzngrmm, ode auf N), variierte wortwiederholungen mit thematisch begründeter zufuhr neuer worte bis zur explosiven schlusspointe (kneipp sebastian). bestandteile eines einzelnen wortes sind die worte eines ironischen spiels um dieses wort, das aus diesem prozess erschöpft auftaucht (philosophie), aus dem grundwort gewonnene laute des überdrusses, der gleichgültigkeit, heftiger ablehnung und stärksten lebenswillens schlagen um in marktgeschrei als heldenkult (ode auf N), und aller ingrimm rollender rrr gilt der humorlosigkeit, dieser deutschen krankheit, die auch österreicher mitunter befällt.

(29. 4. 57)

orientierung

zu welcher poetischen richtung ich zu zählen sei, auf diese frage kann ich nicht antworten, es sei denn, man nimmt nach belieben »zu keiner« oder »zu meiner« als eine antwort. ich bin überzeugt davon, dass die entwicklung, entdeckung oder erfindung neuer arten zu dichten heute notwendig ist, notwendiger als in einer zeit, in der die begriffe »entwicklung«, »entdeckung«, »erfindung« und »neu« einen geringeren wert haben. man muss es begrüssen, dass es heute dichter gibt, die neben ihrer fähigkeit, solche neuen arten des dichtens auszubilden, auch das ordnungsbedürfnis besitzen, welches sie nach gattungsnamen für neuartige poetische gebilde suchen lässt. so fand und erprobte man die namen »konkrete poesie«, »konstellation«, visueller text« und andere, oder spricht ganz allgemein von »experimenteller dichtung«. ich übernehme solche namen, sobald ich mit ihnen umgehen kann, gerne, um über eigene oder fremde arbeiten nachzudenken und zu reden. mir selbst gelang es nur einmal – 1957 – für eine reihe eigener texte einen wenig originellen namen – »sprechgedichte« – zu finden, der die damit bezeichneten erzeugnisse charakterisierte. die beibehaltung der ehrwürdigen benennung »gedicht« für diese ehrfurchtlosen sprachlichen gebilde hatte dabei die hier angedeutete nebenaufgabe zu erfüllen. im übrigen schrieb und schreibe ich »texte«, deren einordnung ich anderen überlasse, in einer auf verschiedene weise aus dem gewohnten in ein ungewohntes gleichgewicht gebrachten sprache.

(26. 11. 1964)

die ersten schritte

etwas zu machen das man herzeigen kann hat mir immer schon spass gemacht. darum habe ich als kind gern gemalt. etwas zu machen das man dann auch praktisch benützen kann oder etwas zu machen bei dem man durch lange zeit immer die gleichen bewegungen machen muss z. b. sägen oder bei dem man zuerst lauter einzelne uninteressante dinge machen muss bevor man sie zu einem einzigen ding zusammensetzen kann das dann vielleicht interessant ist hat mir nie spass gemacht. darum habe ich als kind nicht gern gebastelt. mein vater hat auch gemalt und daher hat es mein vater gern gehabt wenn ich als kind gemalt habe. aber mein vater hat alles immer ganz wirklich gemalt und dabei durch lange zeit immer die gleichen bewegungen machen müssen und immer schauen müssen ob das was er gemalt hat so war wie etwas das er nicht gemalt hat und das überhaupt nicht gemalt sondern wirklich war, und so zu malen habe ich auch probiert aber immer bald aufgehört denn so zu malen hat mir keinen spass gemacht. für mich war wirklich malen wie mein vater wirklich malte kein wirklich malen sondern wirklich malen war für mich aus der fantasie malen, das war wirklich malen. unser hausarzt dr. tittel hat gesehen was ich gemalt habe und hat zu meinem vater gesagt passen sie auf dass sein talent nicht verkümmert aber zum beruf des kunstmalers wurde ich trotzdem nie von meinen eltern ermutigt denn das ist ja kein beruf von dem man leben kann und ich habe ihn auch nicht ergriffen. es war aber vielleicht auch garnicht das malen sondern das machen von etwas das man herzeigen kann das mir immer schon spass gemacht hat und das man mit allem möglichen machen kann nicht nur mit malen. wie meine mutter dann angefangen hat gedichte zu schreiben war ich noch in der volksschule und habe auch damit angefangen und sie ihr gezeigt und sie haben ihr gefallen und eines ist dann auch am sonntag im neuigkeits-weltblatt erschienen aber nur auf der kinderseite und nicht mit meinem ganzen namen sondern nur mit einer abkürzung oder meinem vornamen, es war ein gedicht über den winter. dass man gedichte an die zeitungen und zeitschriften schickt wo sie gedruckt werden habe ich von allem anfang an gewusst seit ich selbst welche geschrieben habe, weil auch meine mutter ihre an die zeitungen und zeitschriften geschickt hat wo sie gedruckt worden sind. zuerst habe ich priester werden wollen und dann habe ich gesagt nein priester nicht denn ich will ja kinder haben und dann habe ich gesagt lehrer meine mutter ist auch anfangs lehrerin gewesen und dann habe ich gesagt lehrer und dichter und später gegen ende des gymnasiums auch einmal journalist aber sonst eigentlich immer lehrer und dichter oder lehrer und schriftsteller oder lehrer und gedichte schreiben. den schupp der viele kinder gehabt hat und die drei jahre im schottengymnasium mein klassenvorstand gewesen ist und immer heben und schleudern gesagt hat und später in jugoslawischer gefangenschaft elend umgekommen ist habe ich bei der aufnahmsprüfung in deutsch gehabt und wie ich in den aufsatz das gedicht

> das buch das ist mein liebling
> dem ich nur danken kann
> und wenn ich etwas lese
> so fühl ich mich wie n' mann
> hat man mir 's buch genommen
> sag ich: schau gib es mir
> dann les ich von manchem könig
> und manchem kavalier

das ich zu hause gemacht habe hineingeschrieben habe hat er mich gleich gefragt ob ich das gerade gemacht habe und ich habe gesagt nein zu hause und mir gedacht ob es etwas macht aber mich nicht zu fragen getraut und es hat dann nichts gemacht. jetzt denke ich mir, so wie ich es mit dem malen nicht gemacht habe hätte ich es auch mit dem schreiben nicht machen müssen, sondern hätte es, wenn ich es nicht doch mit dem schreiben gemacht hätte, auch mit etwas anderem machen können, denn was mich wirklich interessiert ist weniger das woraus es gemacht wird als dass es eine sache ist die gemacht wird damit man sie herzeigen kann, und die die leute anschauen und über die sich die einen freuen und die andern ärgern, und die zu nichts sonst da ist.

(august 1970)

selbstporträt 1966

heute 1966 einen jungen
englisch wie alt bist du 2000 gefragt.
antwort englisch 46

1

ich wurde in wien 1925 geboren. folglich verbrachte ich den grösseren teil von ns-ära und krieg als gymnasiast, was einem unterschlupf gleichkam, bei gleichgesinnten zu denen das glück mich verschlagen hatte – wir waren, an dieser schule, in meiner klasse, die mehrheit gegen hitler/krieg/sieg – und geriet erst 43, nach dem abitur, zum militär, und anfang 45 in amerikanische gefangenschaft, was eine befreiung war. 10 monate england, zwar hinter stacheldraht, gaben mir eine ahnung von diesem land, und genug von seiner sprache, meinen beruf zu bestimmen. märz 46 nach wien zurück, studierte ich, ohne umwege, unter der masse zurückgekehrter, deutsch und englisch. 49, nach der lehramtsprüfung für höhere schulen, der das doktorat, 50, folgte, begann ich zu unterrichten. diese arbeit in wien wurde zweimal auf je ein jahr unterbrochen: 52/53 war ich als deutschlehrer in england, 64/65 nahm ich urlaub, übersetzte robert creeley's roman ›the island‹ und fuhr nach england, um meine eigenen lyrischen experimente dort zu erproben.

2

dass ich schreiben würde, stand für mich fest als ich noch auf dem gymnasium war, ebenso der lehrberuf. beides schien zusammenzupassen, auch noch auf der universität. die arbeit am gedicht, wozu mich als kind das vorbild meiner gedichte schreibenden mutter reizte, ehe sie starb als ich 14 war, blieb für die zeit nach der berufsausbildung vorgesehen, ohne koppelung mit einer ›poetischen existenz‹. heute ebenso erscheint eine solche für mich romantischer unfug, aber das nebeneinander beider tätigkeiten lief kaum je glatt, und zwischen beiden wurde manches zerrieben das andernfalls zum leben gehörte.

3

ab 1952 erschienen meine gedichte in zeitschriften, 56 in einem buch, ›andere augen‹. 55 erfolgte, parallel zu privaten umwälzungen, die zuspitzung zu groteske und experiment. neue freunde, friederike mayröcker, artmann, rühm, regten an, stramm arp schwitters gertrude stein wurden angewandt, die möglichkeit zur publikation endete. 63 sammelte ich meine manuskripte und fuhr damit nach deutschland. in stuttgart traf ich reinhard döhl. er akzeptierte meine experimentellen gedichte und half mir, die isolation zu durchbrechen, in die ich geraten war.

4

ziel meiner arbeit, heute wie früher, sind funktionierende, lebendige, wirksame, direkte gedichte, gesteuert, von welchem material immer sie ausgehen und in welcher form immer sie hervortreten, von dem was in mir ist an richtung und neigung, an freude und zorn. was ich will sind gedichte die nicht kalt lassen.

österreichische beiträge zu einer modernen weltdichtung

1
neue methoden zu dichten zu ersinnen, nach denen neuartige gebilde aus sprache erzeugt werden können, die nicht allein als dichtung zu deklarieren sind, sondern sich als dichtung durchzusetzen und zu behaupten haben, ist seit dem beginn der fünfziger jahre das ziel einer wachsenden zahl von autoren, die sich einer internationalen bewegung zur schaffung einer neuen, zeitgemässen poesie zugehörig fühlen oder zu ihr gezählt werden. »konkret« und »experimentell« sind die attribute, die man zur bezeichnung dieser dichtung und ihrer hersteller heute am häufigsten hört. der initiator dieser bewegung ist in europa der schweizer eugen gomringer.

2
in österreich ging eine phase üppiger lyrischer produktion, die mit kriegsende begonnen hatte, nach einer fast zehnjährigen dauer zu ende. die erinnerung an den krieg war verbraucht, das erlebnis der subjektiven gegenwart als stoff erschöpft, allein auf seine imagination gestellt fand sich mancher gründlich allein. jetzt erst konnte man, wenn man wollte und konnte, merken dass die nachkriegslyrik wenig neues gebracht hatte, jedenfalls nichts worauf sich aufbauen liess. wer weitermachen wollte, oder wer jetzt noch anfangen wollte, musste suchen, ehe er einen ausgangspunkt fand. mit dem, was zufiel, da und dort, unterwegs, im vorbeigehn, war nichts getan. so wurde, für die eigene arbeit, nutzbar gemacht was bisher unbekannt gewesen, oder wenn bekannt, umgangen worden war: stramm, arp, schwitters, gertrude stein, joyce, etc.

3

die »wiener gruppe«, wie sie später glücklich benannt wurde, war ein freundeskreis aus h. c. artmann, gerhard rühm, konrad bayer, oswald wiener und friedrich achleitner. artmanns poetische erfahrung und rühms avantgardistisches streben bestimmten den radius der zusammenarbeit. man hatte jahre dafür, täglich, den vorrat der dichtung nach brauchbaren ansätzen sichtend, entdeckend, erfindend, experimentierend. gemeinschaftsarbeit und deren resultate liessen sonstwo übliche behütung von dichters eigenart dünn und verkrampft wirken, gegen den lässigen reichtum der eigenen skrupellosen produktion. es gab keine norm ausser der selbst gesetzten, keine kritik ausser der eigenen und der der andern vier, keine aussicht auf publikation im moment und im moment auch keine sorge um eine, bei so viel zu tun.

4

wer damals, auf ähnlicher bahn befindlich, mit artmann und rühm, tangential zur »wiener gruppe« als ganzem, freundschaft schloss, wie (1956) friederike mayröcker, oder ich, konnte, und durfte, weil verwandt nach herkunft und ziel, sich der wirkung der beiden nicht entziehen. andre blieben vom kontakt mit den selben, da anders gesinnt, unberührt.

5

inzwischen hat sich die annahme von einst bestätigt, dass das, was 1952 bis 1959, isoliert und weitgehend unabhängig von ähnlich isolierten anfängen anderswo, in wien geschah, den beginn einer neuen dichtung markierte. heute, 1966, muss, was damals entstand, und was von den gleichen autoren bis heute produziert wurde, zusammen mit dem werk des dadaisten raoul hausmann (1886 in wien geboren, heute von frankreich aus unermüdlich aktiv), den arbeiten des innsbruckers heinz gappmayr und solchen des grazers gunter falk, in einem grösseren zusammenhang gesehen werden, als österreichischer beitrag zu einer »konkreten« und »experimentellen« modernen weltdichtung.*)

6
diese moderne weltdichtung, in ihren reinsten beispielen, ist eine dichtung die nicht von sich ablenkt, die nicht an andres denken macht. sie ist nicht illusionistisch und nicht didaktisch. sie ist eine dichtung die nichts enthält das man »wissen« kann.

7
sie ist »konkret«, indem sie möglichkeiten innerhalb von sprache verwirklicht und gegenstände aus sprache erzeugt (statt, didaktisch-abstrakt, aussagen zu machen über gegenstände die ausserhalb von sprache angenommen werden, und, illusionistisch-abstrakt, mit sprachlichen mitteln die verwirklichung von möglichkeiten die ausserhalb von sprache angenommen werden vorzuspiegeln).

8
diese dichtung ist weder messbar an einer aussersprachlich vorgestellten welt, noch messbar an den verbindlichkeiten einer zur praktischen mitteilung dienenden sprache. sie ist autonom, zu messen nur an ihren eigenen beispielen.

---

*) heute, 1974, ist hausmann tot und sein werk weiterhin zu wenig beachtet; gappmayr – zurückgezogen wie immer schon – zählt international zur spitze der jetzt in konkreter poesie aktiven; die linzer gruppe konkreter dichter, ende der 60er jahre aufgebaut von heimrad bäcker, dem herausgeber der »neuen texte«, des heute führenden konkreten periodikums überhaupt, besitzt überregionale bedeutung auch dadurch, dass in ihr eine neue generation von schreibenden konkrete poesie unverfälscht übernommen hat und kompromisslos weiterführt; die »wiener gruppe« schliesslich ist als »berliner dichter-workshop« in eine neue, ausserordentlich vitale phase gelangt, mit günter brus und dieter rot als neuen beiträgern zum alten stamm, der heute aus den wahlberlinern rühm und wiener und dem ihnen eng verbundenen achleitner besteht.

9

sie ist eine dichtung die geschlossene systeme von beziehungen herstellt. sie forciert keine beziehungen nach einem aussen, weil sie selbst ein teil dieses aussen ist, nicht eine stimme die von einem innen über ein aussen zu einem innen spricht.

10

kontakt mit solcher dichtung ist – im schauen, lesen, hören – ein vorbeigehen an ihr, wie an bildern, an ihrer oberfläche streifend. sie kennt keine tiefe, perspektive, dreidimensionalität, und täuscht sie auch nicht vor. sie täuscht nichts vor. sie macht klar. sie macht oberfläche klar. wie bilder ist sie – einzig – fläche, oberfläche. vom kontakt mit ihr bleibt nichts als stücke erinnerung von worten, folgen, flächen, und an wissen nur dies: ein bestimmtes gesehen, gelesen, gehört zu haben; und an möglichkeit diese: den vorgang des kontakts zu wiederholen, über eine oberfläche streichend.

11

es ist eine dichtung des puren bewusstseins, der unbesetzten intelligenz als voraussetzung für die aufnahme dieser dichtung, und als effekt des kontakts mit ihr. so, wie absolute musik, um wirklich vernommen zu werden, dieser leere des denkraums bedarf, ihn durchziehend auf die zeit ihrer dauer und ihn, wenn sie stark genug ist und die bereitschaft dafür vorhanden, noch einige zeit nach ihrem verklingen immun haltend gegen die herandringenden sensationen.

mein gedicht und sein autor

wien : heldenplatz

der glanze heldenplatz zirka
versaggerte in maschenhaftem männchenmeere
drunter auch frauen die ans maskelknie
zu heften heftig sich versuchten, hoffensdick.
und brüllzten wesentlich.

verwogener stirnscheitelunterschwang
nach nöten nördlich, kechelte
mit zu-nummernder aufs bluten feilzer stimme
hinsensend sämmertliche eigenwäscher.

pirsch!
döppelte der gottelbock von Sa-Atz zu Sa-Atz
mit hünig sprenkem stimmstummel.
balzerig würmelte es im männechensee
und den weibern ward so pfingstig ums heil
zumahn: wenn ein knie-ender sie hirschelte.

ich schreibe verschiedene arten von gedichten. dieses, »wien : heldenplatz«, schrieb ich im juni 1962, als ich nach einer längeren pause die produktion von gedichten wieder aufzunehmen versuchte. mein beruf als lehrer verhindert es, dass ich literarisch unproduktive zeiten als zeiten des nichtstuns geniesse, oder verabscheue. dementsprechend ist der übergang zu neuer produktion erschwert, und erleichtert. in diesem fall begann ich mit der überarbeitung von früherem material, bis ins jahr 1952 zurück. daneben ergab sich einiges komplett neues, darunter »wien : heldenplatz«.
stoff dafür war die erinnerung an eine begebenheit aus dem frühjahr 1938. die jahreszeit wird im gedicht durch das wort

»pfingstig« fixiert. ich stand, 14-jährig, auf der wiener ringstrasse, nahe dem heldenplatz, eingezwängt in eine menge, die zu einer kundgebung gekommen war. eine direkt vor mir stehende frau protestierte laut gegen eine unbeabsichtigte und in dem gedränge unvermeidliche bewegung meines knies, durch die sie sich belästigt fühlte. das prägte die szene ein und ergab 24 jahre später die zeilen: »drunter auch frauen die ans maskelknie / zu heften heftig sich versuchten, hoffensdick« und »und den weibern ward so pfingstig ums heil / zumahn: wenn ein knie-ender sie hirschelte.«
als zentrum dieser von primitiven regungen umspülten situation steht, ohne namensnennung, hitler im gedicht, charakterisiert in erscheinung und diktion: »verwogener stirnscheitelunterschwang / nach nöten nördlich, kechelte / mit zu-nummernder aufs bluten feilzer stimme / hinsensend sämmertliche eigenwäscher« – individualisten.
das fischfangmotiv »versaggerte in maschenhaftem männchenmeere« und das tiermotiv, mit dem wort »wesentlich« als menschlicher marke, »und brüllzten wesentlich«, wird am schluss zum jagdmotiv erweitert, vom signalartigen »pirsch!« über »gottelbock«, »balzerig«, »knie-ender« bis »hirschelte«.
ohne das expressionistische pathos zu übernehmen, wurde hier für die wortbildung aus der praxis der expressionisten nutzen gezogen, während die syntax dieses gedichts sich mit der syntax der umgangssprache deckt. einen schritt weiter zu tun, durch deformation oder reduktion der syntax, hätte die spannung innerhalb des gedichts verringert. diese spannung ist die spannung zwischen dem beschädigten wort und der unverletzten syntax.
das gedicht gehört zu den spätesten in meinem buch »laut und luise«. die meisten schrieb ich zwischen 1956 und 58. damals war meine arbeit, wenn man vereinfacht, an expressionismus, dada und gertrude stein orientiert, joycens »ulysses« hatte ich eben gelesen, gomringers »konstellationen« für mich entdeckt, rené altmanns absurde verse und kurzszenen klangen mir im ohr, von friederike mayröcker

erhielt ich pausenlos anregungen, und schliesslich gab es da die kurze, glückliche zeit wütenden wetteiferns mit artmann und rühm, jenen beiden exponenten der »wiener gruppe«, die mich am stärksten beeindruckten. als ich 1962 die produktion wieder in gang brachte, versuchte ich diese zeit zu überspringen und dort anzuschliessen, wo der erste arbeitsabschnitt, 1952 bis 55, abgebrochen war. ich suchte nach möglichkeiten, einfache, durchsichtige, gegenstandsbezogene gedichte in umgangssprache zu schreiben, wie früher, als ich von autoren wie brecht, prévert und sandburg gelernt hatte; womöglich knapper, konzentrierter, intensiver. eine damals frisch erschienene anthologie, »lyrik des expressionistischen jahrzehnts«, brachte mich wieder auf expressionismus und dada.
mein lyrischer proviant zwischen 1938 und 43, als gymnasiast, hatte aus je drei gedichten von stramm, wilhelm klemm und johannes r. becher bestanden, aufgefunden in einer gedichtsammlung aus dem jahr 1926 *). eines, »lied«, von johannes r. becher, wirkte auf dauer.

lied

stern ob strassenbündel
weht dein angesicht.
winde krumme münden.
schwarm der häuser dicht.

licht-fontänen spriessen.
sonne tönt hier laut.
rieseln flöten-tiere.
mensch kreist hoch im raum.

---

*) »die lyrik der gegenwart. von der wirklichkeits- zur ausdruckskunst«. eine einführung von dr. oskar benda. wien und leipzig, 1926.

ausspann wiesenhände!
nacken gletscher-berg.
lippen hügel-länder.
aug so wald-traum wirkt . . .

abgesehen von bechers expressionistischem pathos, erblicke ich in diesem gedicht eine voraussetzung für mein eigenes »amsterdam«, aus dem jahr 1956:

amsterdam

1
die haus stiehlst zum mütze.
an wäre kalten die fagott.
den türe schneidest vors apothekerin.
ob würde nassen das flöte.

2
der schwesterchen klapptet die löwe
schief zur veilchen kleines kuckuck.

3
ein männer kittest in bord
was frosch vorn des zifferblatt
zum poliertes biene.

4
ans abend salziges fürs polizist
blättertest das birne auf die profilschmalz
zu an ob treffen amsterdam die vogel
das turm des frau sträubtest zum sonne.

ähnlich dem expressionismus verbunden wie »wien : heldenplatz«, ist »amsterdam«, in der methode, die umkehrung des ersten. dort wurde das wort verändert, die syntax

belassen; hier ist, ausgenommen das kompositum »profilschmalz«, jedes wort der umgangssprache entnommen, aber zwischen den einzelnen wörtern besteht eine beziehung syntaktischer unvereinbarkeit. das ergibt die spannung, ohne die ein gedicht nicht auskommt. als dritte kraft wirkt die semantische komponente, die in einem schwebezustand gehalten wird. der leser kann, nach belieben und vermögen, ein zusammenspiel der wortbedeutungen feststellen, oder nicht. das gedicht ist jenseits des entscheidungspaares deutbarkeit-nichtdeutbarkeit angelegt.
ein älteres, aus dem jahr 1954 und dem gleichen motivkreis wie »wien : heldenplatz«, hat mit diesem eine berührungsstelle. »der glanze heldenplatz zirka«, das ist »ganz« und »glanz« in einem, strahlende totalität. im älteren, »der offiziersbewerber«, stehen »ganz« und »glanz« zwar in beziehung, aber auf distanz. (siehe seite 30)
in der jüngeren produktion, nach »laut und luise«, reizt oft die möglichkeit äusserster kürze, wie in dem monolithischen

spruch mit kurzem o

ssso

stellvertretend für den satz »das wärs« oder »das hätten wir geschafft«, ist das wort »ssso« ein klischee aus der alltagssprache. durch den titel wird es seiner trivialen funktion enthoben und zum poetischen objekt erklärt: ein beispiel für die melioration von sprache durch dichtung.
spruchartige formen benütze ich immer wieder, nicht um sie ad absurdum zu führen wie hier, sondern auch in ganz anderer absicht. so etwa, um zu versuchen, standpunkte zu fixieren, auch gegenüber der dichtung. dass hier ebenfalls die zeit des heldenkults vorbei ist, ohne dass dichtung deshalb weniger emsig betrieben werden müsse, sagt der

spruch »zeichen« aus dem jahr 1953. (siehe seite 21)
mit einem echo-effekt arbeitet ein als sprechgedicht angelegter spruch, der gleichfalls einen literarischen standort anpeilt; als gedicht übers gedicht mir angemessener als irgendein theoretisches geflecht.

risch
risch
risch
risch
lüüüüüüüüüüü

gisch
gisch
gisch
gisch
traaaaaaaaaaa

flisch
flisch
flisch
flisch
toooolllllllllllllllllllllllllllllllll

sisch
sisch
sisch
sisch
muuuuuuuuuu

4-strophig sozusagen, gleichzeitig 4-wortig, wogend, stellen 4 kriterien hoher poesie sprechend sich selbst dar, das lyrische, tragische, dämonische und die musische kuh. sprachliche mittel dieser art erlauben eine parteinahme, die durchdringt, ohne penetrânt zu sein.
nicht unverwandt diesem, zeigt ein anderer spruch, woran

es in der dichtung, und nicht nur in ihr, meines erachtens mangelt:

wo bleibb da
hummoooa
wo bleibb da
hummmoooooa
wo bleibb darrr
hummmmoooooooooa
darrr kööönich vonn
hummmmmmmmoooooooooooooa
rrrrr

aus gelegentlicher erfahrung mit lyrik-kennern weiss ich, was zum schlimmsten gehört, das einem gedicht widerfahren kann: der versuch, es so zu benützen, wie es nicht benützt werden kann, und dies dann dem gedicht anzulasten; ein angriff also auf seine identität. das demonstriert das spruchgedicht »urteil«:

die gedichte dieses mannes sind unbrauchbar

zunächst
rieb ich eines in meine glatze.
vergeblich. es förderte nicht meinen haarwuchs.

daraufhin
betupfte ich mit einem meine pickel. diese
erreichten binnen zwei tagen die grösse mittlerer kartoffeln.
die ärzte staunten.

daraufhin
schlug ich zwei in die pfanne.
etwas misstrauisch, ass ich nicht selber.
daran starb mein hund.

daraufhin
benützte ich eines als schutzmittel.
dafür zahlte ich die abtreibung.

daraufhin
klemmte ich eines ins auge
und betrat einen besseren klub.
der portier
stellte mir ein bein, dass ich hinschlug.

daraufhin
fällte ich obiges urteil.

sich über dichtung zu äussern und dabei innerhalb der dichtung zu bleiben, unternimmt auch eine reihe von texten, die ich als »leerformen« bezeichne, formen, in denen nichts drin ist. für die spruchdichtung war eine solche der »spruch mit kurzem o«. eine visuelle variante ist die »arie«,*) die man sehen muss; sprechbar wieder die leerform der »moritat«**) – von einer charakterisierenden aufreibenden länge und monotonie; schliesslich die aus dem gattungsnamen selbst gewonnene leerform des sonetts, das durch diese reduzierung auf sein wesentliches in einem eigentümlichen glanz zu erstrahlen beginnt; 14 zeilen, mit den klassischen abschnitten 4, 4, 3, 3, in den reimen vereinfacht, oder artistisch gesteigert, in den zeilen, der leichteren konsumierbarkeit wegen, auf jeweils *einen* jambischen versfuss

*) in e. j., »sprechblasen«
**) »szenen aus dem wirklichen leben«, szene 17 a (s. 178)

verkürzt. hier wird meine stellung zum sonett klar und dessen brauchbarkeit für die moderne dichtung offenbar.

sonett

abnett
benett
ernett
annett

danett
esnett
genett
janett

imnett
obnett
dunett

innett
wonett
zunett

das ungenügen am erreichten liess mich nicht ruhen, ehe ich eine zweite fassung dieses sonetts hergestellt hatte.

sie lautet:

sonett
sonett
sonett
sonett

sonett
sonett
sonett
sonett

sonett
sonett
sonett

sonett
sonett
sonett

hier noch weiter zu reduzieren, schlösse den kreis zum »ssso«, das sich nunmehr nach seinem verlorenen titel auf die suche machen könnte.

(januar 1967)

voraussetzungen, beispiele und ziele einer poetischen arbeitsweise

ein vortrag

kunst heute, also auch dichtkunst, kann als eine fortwährende realisation von freiheit interpretiert werden. eine solche interpretation macht die stelle der kunst im raster der ideologien sichtbar; sie impliziert eine aussage über die funktion der modernen kunst für den einzelnen und die gesellschaft; sie ermöglicht damit eine erklärung, wieso moderne kunst von einzelnen als ein ärgernis empfunden wird und aus bestimmten gesellschaftsformen ganz oder teilweise verbannt bleibt.
das schauspiel des vollzugs von freiheit ausserhalb der grenzen, die das leben und denken irgendeines einzelnen umschliessen (in jedem fall eine art angelebter zwang), stellt diesen einzelnen auf eine harte probe.
die manipulatoren einer weitgehend gleichgeschalteten gesellschaft sehen ihr system gefährdet durch den anspruch der modernen kunst auf einen bereich, wo ohne lenkung von aussen immer wieder neue modelle von freiheit entstehen. bedrohlich erscheint ihnen, dass kunst zu einem muster für gesellschaft werden könnte, einer gesellschaft, in der zahlreiche gleichzeitig daran sind, sich jeder sein eigenes modell von freiheit zu zimmern.
die moderne kunst, so genommen, nämlich in ihrer gesamthaltung und nicht in ihren vielfältigen erscheinungen, darf als modell dafür gelten, unter welchen voraussetzungen die herstellung von kunst auch künftig vor sich gehen wird, solange, und wo immer, eine gesellschaft sich nicht irgendeiner einzigen grossen ordnung für alle und alles ausliefert bzw. von ihr überrumpelt wird.
von der zukunft der kunst in einzelheiten zu reden, also

ausgehend von ihren heutigen erscheinungsformen, hat, wie ich es sehe, mit magie zu tun: vielleicht, dass eine formel gelingt, die etwas bewirkt. indes, schon dass es vorkommt, dass im gespräch über einzelne künste, oder sparten davon, den roman, das gedicht, alsbald vom ende derselben die rede ist, das nun entweder verzögert oder befördert werden soll, zeigt mir, wie wenig dort wirklich sichtbar sein kann, wo die zukunft der kunst vermutet wird. die kunst entzieht sich der prognose. kaum der einzelne weiss, was er noch tun wird. und jeder neue tritt unvermutet auf, und was er tut, kommt überraschend.
was ich wahrnehme, jetzt, davon kann ich gerade noch – mühsam – reden (wozu eigentlich?), und vielleicht noch von gestern, vergangenem, sofern ich damit zu tun hatte, oder es mit mir. übrigens – reden: von dem, der sprache als medium verwendet, um seine eigenen künstlichen dinge daraus herzustellen, wird dann erwartet: interview; diskussion; referat; essay; rezension – als sei das einfach dasselbe wie: gedicht, text, stück usw., oder auch nur verwandt damit. – missbrauch des mediums, möchte ich, für meinen teil, es nennen.
ehe ich in diesem missbrauch fortfahre, und um mir dafür einen vorwand zu schaffen, ein gedicht:

der baum ist kunstvoll
und alles in der luft
zugleich. von weitem
erhebt natur den schatten.
luftig in der hand schwindet
die schwarze tiefe. noch unvertrieben
kommt die erwähnte
kurze kurze zeit.
schnee und reif
sind eng genug dazu.
horch! die kirschen
enthüllt er gelassen.

dieses gedicht, aus dem anfang der sechziger jahre, verdankt sein entstehen, zusammen mit zwei weiteren der gleichen sorte, der wiederholten zurückweisung einiger meiner radikaleren texte durch den herausgeber einer zeitschrift. da sollte man doch einmal etwas ganz besonders ›lyrisches‹ machen, oder was manche darunter verstehen. inzwischen hat sich dieses kleine gedicht selbständig gemacht und anlass und art seines zustandekommens verziehen. wenn ich heute versuche, es in seine bestandteile zu zerlegen, merke ich bald, dass seine bestandteile heute nicht das gleiche sind wie die bausteine damals, als ich es zusammensetzte. ich erinnere mich bloss, dass ich damals in produktivem ärger eine lyrikanthologie vom bücherbrett riss und sie auf die aufgeschlagene zeitung jenes vergessenen tages plazierte. im buch blätternd und dem unsteten blick das betreten der zeitung nicht verwehrend, wurde ich in schrittweiser geburt mutter dieses gedichts vieler väter.
liegt hier ein experiment vor? – zwei fragen lassen sich beantworten: erstens, ist ohne gedanklichen oder emotionalen vorschuss, also in dieser hinsicht voraussetzungslos, wenn man die stimulierende wut ausser acht lässt, in einem einzigen kontinuierlichen reihungsvorgang aus fremdem und heterogenem material ein in sich geschlossenes lyrisches gebilde produzierbar? – zweitens, verliert dieses nach seiner herstellung für den erzeuger früher oder später die spuren seiner machart, d. h. setzt es sich ihm gegenüber, der weiss, wie es entstand, als ein gedicht durch, das er selbst akzeptieren kann, oder geschieht das nicht?
wird auch die frage gestellt, was andere sagen, zu diesem oder jenem gedicht? auch das, als kontrolle von aussen, immer nur durch wenige, oft nicht mehr als einen.
und die frage nach dem fortschritt, dem eigenen, durch dieses gedicht oder jenes, die frage: gibt es ein weiterkommen? – mit jeder arbeit einen schritt weiter, eine stufe höher, etwas neues gelernt, erzählte mir ein komponist von

seinem fortschritt. als ich 9 jahre alt war, hatte ich mein erstes gedicht geschrieben. ich stehe immer noch auf der gleichen stelle.
so einfach ist es nicht. natürlich verändern sich die gedichte, und man selber verändert sich auch, und man merkt etwas von beidem, und das führt zu neuen veränderungen, und so geht es weiter. man hat einmal begonnen, gedichte zu schreiben, aus irgendeinem grund, und wenn man es nicht bald aufgab, so gab man es später auf, und wenn man es nicht später aufgab, so tut man es immer noch. gibt es andere antworten?
es gibt jedenfalls verschiedene methoden – wiederholbare, modifiziert wiederholbare, unwiederholbare. natürlich möchte man jede möglichst gut ausnützen, möglichst oft, dabei immer mit neuen ergebnissen. diese hier, »der baum ist kunstvoll«, die versteckte montage, und dagegen die offene, die an reiz dadurch gewinnt, dass nicht alle spuren der methode gelöscht sind, sondern bruchstellen und nähte sichtbar bleiben, und montage überhaupt, jede art des zusammenbauens aus aufgefundenem, bereits vorgeformtem material – das wird weiterhin eine mögliche methode bleiben, eine sehr flexible.
fragt man beim nächsten gedicht nach der haltbarkeit der methode, wird die antwort anders lauten – tatsächlich hat auch dieses noch zwei weitere, nach der gleichen methode verfertigte zur seite, aber das nur deshalb, weil jedem der drei ein brauchbarer titel zu hilfe kam, der jedes mehr von den andern trennt als der eigentliche text es tut.
schickt man diesem, ob fair oder nicht, einen wink voraus, in der hoffnung auf weniger widerstand, geringeres missverständnis, so sagt man »uhr«, wie taschenuhr, wecker. hier das gedicht. (übrigens, wer es noch nicht über sich bringt, hier, und an anderen stellen, diese bezeichnung zu akzeptieren, der möge sich das wort, sooft er nicht anders kann, zwischen anführungszeichen denken.)

hier also dieses, darf ich sagen, gedicht:

die zeit vergeht

lustig
luslustigtig
lusluslustigtigtig
luslusluslustigtigtigtig
lusluslusluslustigtigtigtigtig
luslusluslusluslustigtigtigtigtigtig
lusluslusluslusluslustigtigtigtigtigtigtig
luslusluslusluslusluslustigtigtigtigtigtigtigtig

man kann den begriff »gedicht« durch geschmacksurteile begrenzen, und durch die bisherigen erscheinungsformen des gedichts, oder durch die erscheinungsformen des gedichts BIS HIERHER (wo immer das ist), UND NICHT WEITER; man kann ihn auch offen halten, jederzeit, für die unvorhersehbarkeit des immer neuen gedichts.
wenn man sich aus dem, was allgemein als gedicht akzeptiert wird, die sicherheit für die eigene arbeit holen sollte, müsste man dann nicht seinen vielleicht stärksten antrieb zu schreiben preisgeben? – den nämlich, dinge aus sprache zu erzeugen, die zu den dingen, wie man sie kennt, ihre eigene distanz haben. der wille zur unsicherheit, als ein merkmal der sogenannten experimentellen dichtung.
»die zeit vergeht« war kein thema, sondern wurde ein titel. es gab kein thema, sondern nur eine bestimmte art der beschäftigung mit einzelnen wörtern, genauer mit jeweils einem einzigen. dieses musste sich in seiner mitte, wobei diese durch die hälfte seiner buchstabenzahl bestimmt war, so dass nur wörter mit einer geraden buchstabenzahl in frage kamen, *so* teilen lassen, dass zwei sprechbare, reduplizierbare einheiten entstanden. wirksam war bei dieser vorerst rein formalen methode die erinnerung an die möglichkeit der reduplikation bei gewissen altgriechischen verben.

keineswegs kämmte ich nun, was bei einer grösseren disposition zu fleiss ohne weiteres denkbar gewesen wäre, den gesamten wortschatz der deutschen sprache nach für dieses verfahren brauchbaren wörtern durch, sondern erging mich, mit notizbuch und muse ... musse ... muse ... – wie sie wollen – auf den sommerwegen des jahres 64, unaufhörlich wörter probierend und die erfolgversprechenden notierend.
in einem zweiten arbeitsgang gingen alle bis auf 3 wieder verloren, denn nur in diesen dreien vermochte ich etwas zu entdecken, das über das spiel mit lauten hinausging, das wirklichkeit ausserhalb der wirklichkeit sprache zu suggerieren vermochte und einen titel, also 3, einfallen liess, die in verbindung mit den gewonnenen textgebilden erst etwas ergaben, nämlich gedichte.
so wurde das wort »lustig«, das sich in die beiden bestandteile »lus« und »tig« symmetrisch teilen liess, ein adverb zum satz »die zeit vergeht«, der nun hiess »die zeit vergeht lustig«, wobei die sich an ihn anschliessende kleine sprechmaschine in ihrer einen hälfte das ticken einer uhr vorführte, in ihrer anderen eine weniger deutliche, weniger deutbare, beziehung zu etwas herstellte, das vielleicht an wörter des hörens, wie »losen«, oder das englische »listen«, imperativisch erinnerte, und warum, wenn sprachgrenzen verwischt werden dürfen, nicht auch ans englische »lose«, verlieren.*)
jedenfalls scheint mir – aber das ist ein gefühl und, wenn sie es nicht mit mir teilen, so doch ein indiz dafür, dass auch bei gedichten dieser art emotionen des autors mitspielen – dass die kleine sprechmaschine, hinter der aussage, dass die zeit lustig vergehe, zum laufen gebracht, diese aussage eher in frage stellt.

---

*) vgl. auch siegbert prawer, "seventeen modern german poets", oxford university press 1971, s. 185: "the word *lustig* is dismembered into *lus* (which sounds like an urgent *los!*, 'let's go!'), *lust*, and *tig* (pronounced *tick*, the noise made by a clock). the more and more urgent call to enjoyment is answered by a longer and longer reminder of the passing of time."

also gibt es hier wohl doch so etwas wie ein thema, nachträglich gefunden und festgemacht, aber, was den autor betrifft, für diesen seit irgendwann bereits vorhanden, und von ihm mitgeführt; bis es unversehens, während eines spiels mit sprache, an einem punkt, »luslustigtig«, dem einzig möglichen, einklickt.
der aufbau auf der schreibfläche, der sich hier von selbst einstellt, besteht im ansetzen der reduplikationselemente links und rechts vom ursprünglichen einzelwort »lustig«; das ergibt, von zeile zu zeile, einen zuwachs von je drei buchstabenstellen links und rechts und, bei gleichmässigem fortschreiten, alsbald die form eines gleichschenkeligen dreiecks, oder fast. diese form lässt sich nach unten endlos erweitern, also muss man an irgendeiner stelle schluss machen. ich entschied mich für die zahl 8, als eine für den hörer noch erträgliche, dem sprecher noch zumutbare, zahl von wiederholungen, habe, nebenbei bemerkt, beim sprechen dieses gedichts meine eigene gefahrengrenze bei der zahl 7.
ich könnte ihnen jetzt erzählen, wie es mir gelang, die reduplikationsmethode in ein gedicht hinein fortzusetzen, das ihnen vielleicht als höher organisiert erscheint – die sache ist aber umgekehrt. offenbar ist es so, dass solche methoden, mehrmals angewandt, eine fortschreitende reduzierung des textes bewirken, der immer klarer die methode seiner herstellung demonstriert, bis diese methode verbraucht ist. jedenfalls hatte ich eine art reduplikationsmethode schon eineinhalb jahre vor dem gedicht »die zeit vergeht« angewandt. das ergab damals eine ganz andere art von gedicht, seines titels weniger bedürftig als das vorhin gelesene, ohne besonderen visuellen aspekt, in zeilenpaaren, ein zwitter aus wort- und lautgedicht. es geht so:

auf dem land

rininininininininDER
brüllüllüllüllüllüllüllüllEN

schweineineineineineineineinE
grunununununununZEN

hunununununununDE
bellellellellellellellellEN

katatatatatatatatZEN
miauiauiauiauiauiauiauiauEN

katatatatatatatatER
schnurrurrurrurrurrurrurrurrEN

gänänänänänänänänSE
schnattattattattattattattattERN

ziegiegiegiegiegiegiegiegEN
meckeckeckeckeckeckeckeckERN

bienienienienienienienienEN
summummummummummummummummEN

grillillillillillillillillEN
zirirtiririririrPEN

fröschöschöschöschöschöschöschöschE
quakakakakakakakakEN

hummummummummummummummummELN
brummummummummummummummummEN

vögögögögögögögögEL
zwitschitschitschitschitschitschitschitschERN

um ein gedicht dieser art zu schreiben, bedarf es keines anderen programms, als als schreibender seine position auf der anderen seite der sprache zu beziehen; dort, wo die sprache als rohstoff liegt; dort beschäftigt man sich mit der sprache – und die themen kommen von selber.
wenn ich den rückkopplungseffekt in diesem gedicht, der sich jeweils im wortinnern abspielt, und dazu in einem zusammenhang gleichartiger aussagen, »rinder brüllen«, »schweine grunzen«, »hunde bellen« etc., aus dem ganzen herauslöse, um an hand des gedichtes ein experiment anzustellen, so erhalte ich eine reihe gleichartiger, bedeutungsfreier lautfolgen wie: inininininin, üllüllüllüllüll, unununununun, ellellellellell, atatatatat, igigigigig, eckeckeckeckeck usw.
dabei kann ich feststellen, dass diese in ihrer gesamtheit nun keineswegs ein neutrales lautmaterial darstellen, mit dem sich alles, alles beliebige, anfangen liesse. sie werden mich wohl oder übel in einem begrenzten bereich festhalten und dürften somit einen rest der bedeutungsfunktion der wörter, aus denen sie stammen, beibehalten haben. innerhalb des sich ergebenden lautmusters werde ich thematische ansätze nur in begrenzter zahl auffinden können. so finde ich hier nichts, das mich auf themen wie »sehnsucht«, »restaurant« oder »bürokratie« brächte, wie ich sie in anderen lautzusammenhängen als voraussetzung für thematische lautgedichte vorfand *).
ehe ich ein solches demonstriere, will ich noch ein beispiel für mischformen zwischen wort- und lautgedichten vorführen, eine gattung, für die ich die bezeichnung »sprechgedichte« wählte, da es lautgedichte im strengen sinn nicht sind. es ist ein kriegsgedicht. seinem basiswort sind die vokale entzogen, vokale kommen im gedicht nicht vor **).
wenn sie wollen: der krieg singt nicht!

*) s. »sprechblasen«, s. 33, 36, 39
**) vgl. dazu auch “what you can do without vowels” in: »der künstliche baum«, s. 100

schtzngrmm
schtzngrmm
t-t-t-t
t-t-t-t
grrrmmmmm
t-t-t-t
s------c------h
tzngrmm
tzngrmm
tzngrmm
grrrmmmmm
schtzn
schtzn
t-t-t-t
t-t-t-t
schtzngrmm
schtzngrmm
tssssssssssssss
grrt
grrrrrt
grrrrrrrrrt
scht
scht
t-t-t-t-t-t-t-t-t-t
scht
tzngrmm
tzngrmm
t-t-t-t-t-t-t-t-t-t
scht
scht
scht
scht
scht
grrrrrrrrrrrrrrrrrrr
t-tt

laute und lautfolgen werden in diesem gedicht imitatorisch eingesetzt; die stimme imitiert schlachtlärm. das konsonan-

tische lautmaterial ist dem grundwort »schützgraben« entnommen, das auch als solches im gedicht anklingt. auf weitere wortanklänge ist bis auf eine ausnahme verzichtet. diese ausnahme ist der schluss, wenn man will: die pointe, die lautfolge t-tt, die das wort »tot« suggeriert.
wer mit wörtern arbeitet, arbeitet mit bedeutungen. die bedeutung lässt sich vom wort nicht trennen. sie setzt grenzen, eng gezogen in der umgangssprache, weiter gespannt in der dichtung. jede art von wortkombinatorik ist ein kombinieren von bedeutungen, auch dort, wo der text nicht auf einen inhalt hin, sondern als inhaltsfreies sprachmuster geschrieben ist.
wir sind durch den täglichen sprachgebrauch und durch erzählende und beschreibende literatur dazu verleitet, im einzelwort selbst einen zwang zur inhaltsgebundenheit von grösseren sprachgebilden, also sätzen und texten, zu konstatieren.
das ist ein irrtum, der den zugang zu all jenen texten versperrt, die die möglichkeit der verbindung von wörtern, samt ihren bedeutungen, zu sprachmustern verwirklichen, statt zu mustern von inhalten. das wort an sich, samt seiner bedeutung, zwingt weder zum inhaltlichen text, noch zum text als sprachmuster, sondern besitzt die eigenschaft, für beides in gleicher weise geeignet zu sein.
im gegensatz zum wort sind die laute weitgehend frei von bedeutung, aber ihre verwendung zur auslösung von assoziationen liegt auf der hand. so wie die arbeit mit wörtern zugleich eine mit bedeutungen ist, kann die arbeit mit lauten zugleich eine arbeit mit assoziationsmöglichkeiten sein. ein titel, dem lautgedicht vorangestellt, kann die assoziationen zusätzlich steuern – schon die dadaisten verwendeten titel zu diesem zweck, etwa hugo ball für sein gedicht »karawane«.
dieses stellt eine art von lautgedicht dar, wie es heute, in der modernen lautdichtung, eher selten anzutreffen ist: nämlich das lautgedicht, das für sich selbst, also für die gelegenheit dieses einen gedichts, eine sprache kreiert, eine sprache, die nirgends sonst gesprochen wird, die aber

doch, ihrem klang, ihrer gestalt nach, als sprache denkbar wäre; das lautgedicht also als imitation von sprache, nicht als eine bewegung weg von dem, was wir uns unter sprache im herkömmlichen sinn, als mittel zur verständigung, vorstellen.
prinzipiell sind auch beim lautgedicht zwei vorgangsweisen möglich, nämlich von einem thema aus, oder von einem vorerst themafreien spiel mit lauten. dem experimentellen verfahren entspricht die zweite methode eher, bei der sich die möglichkeit zum aufbau eines lautgedichts, mit oder ohne thema, aus dem material selbst ergibt.
ich lese ihnen jetzt eines meiner lautgedichte, mit einem titel, der das thema ansagt:

im reich der toten

nnnnnnntschn
nnnnnnntschn
nnnnnnntschn
glawaraaaaaaaaa
üiiiiiiiiiiiiiiiiii
glawaraaaaaaaaa
blaaauuuuuuurrruuuuuuurrruuuuuuurrruuuuuuu
glc--------h
dnnnnnnnnnn
dnnnnnnnnnn
dnnnnnnnnnn
s---c---hfffffs---c---hfffffs---c---hfffffs---c---hfffffs---c---h
gllllrrrrrrrr
gllllrrrrrrrr
schllllllltnnn
fffffds--c--h
nnnrrrrrrrrr
nnnrrrrrrrrr
nnnrrrrrrrrr
nnnrrrrrrrrr
nnnrrrrrrrrr

die möglichkeit zu diesem gedicht ergab sich bei der beschäftigung mit lautmaterial; eine reihe von elementen des gedichts war bereits vorhanden, ehe die richtung plötzlich feststand. bestimmte erinnerungen waren damit geweckt, an einen film von hitchcock und seinen titel, der als titel für dieses gedicht übernommen wurde; an eine szene im totenreich des orpheus-films von cocteau, undeutlich erinnert, ein schwebender mann, glasplatten für fenster auf dem rücken, seine ware ausrufend mit der stimme eines toten. diesem ruf entspricht, einen teil des wortes »glas« benützend, das grotesk-hilflose »glawaraaaaaaaaaa«.
in dieser mischung aus verschiedenartigen hades-vorstellungen lässt sich fast jede zeile auf verbales zurückführen, womit nicht gesagt ist, dass dieses beim hören tatsächlich anklingt (eher nicht), und ebensowenig, dass es bei der produktion des gedichtes dem jeweiligen lautgebilde vorangegangen sein muss (ebenfalls eher nicht).
nnnnnnntschn verbindet sich für mich mit einem auf eine ganz bestimmte weise gesprochenen »mennn-(t)schn«, wenn es auch beim anhören des gedichtes vielleicht eher an niesen erinnert. üiiiiiiiiiiiiiiiiiii bleibt ein geisterbahnartiger schauerruf; die verbindung von »blau« und »ruh« in blaaa uuuuuurrruuuuuuurrruuuuuuurrruuuuuuu lässt sich nicht überhören; zwei lautverbindungen haben mit der vergehenden zeit zu tun, wenn man glc---------h und dnnnnnnnnnn mit »gleich« und »dann« in verbindung bringen will, glc--------h überdies mit der vorstellung des gleichmachenden todes; die lautfolge s---c---hfffffs---c---hfffffs---c---hfffffs---c---hfffffs---c---h kann in schlaf versenken oder als »schiff« über den acheron allmählich im nichts versinken.
schllllllltnnn will man vielleicht als »schlitten«, »schlucken« oder »schelten« deuten; glllrrrrrrrrr, »klirrend«, verweist wieder aufs glas des fensterhändlers, nimmt aber auch den unerbittlichen schluss vorweg, das fünfmalige nnnrrrrrrrrr – »narr«!

jetzt ist nur noch der vorletzte bestandteil des gedichts offen, das auslöschend-verschwebende fffffds--c--h – wenn sie wollen: futsch!
die erste begegnung mit einzelnen beispielen experimenteller und konkreter dichtung kann faszinieren, aber ebensogut verwirren, abstossen oder ärgern. was ins auge springt, ist der, so oder so empfundene, kontrast zu vielem, was man bisher an dichtung kannte und liebte. wie steht es nun mit dem verhältnis solcher dichtung zur tradition?
wer gedichte schreibt, tut damit auf jeden fall etwas, das andere vor ihm schon getan haben. schon indem er gedichte schreibt, setzt er eine tradition fort. (das heisst noch nicht, dass auch seine gedichte es tun.) gibt es statische und dynamische traditionen, dann ist unsere dynamisch, dann muss man wissen, was bisher geschah, um nicht aus nichtwissen etwas zu tun, das schon geleistet wurde. ebenso muss man die tradition kennen, um in ihr die passenden ansatzpunkte für die eigene arbeit zu finden. diese ansatzpunkte sind stellen mit einem offenen ende, stellen wo etwas begonnen hat und nicht weitergeführt oder noch nicht ausgebaut wurde, punkte, von denen aus sich weiterarbeiten lässt. freilich, die steuerung auf solche punkte zu erfolgt nicht neutral, sondern von vornherein in einer richtung, die festgelegt ist, durch den umstand der person, die nach einem solchen punkt sucht, und durch die umstände von ort und zeit dieses suchens.
dass expressionismus und dadaismus, stramm, schwitters, arp, gertrude stein, ezra pound, james joyce und cummings, um nur einige namen zu nennen, für die heutige arbeit am gedicht und an prosa als ausgangspunkt entdeckt wurden, bedeutet eine orientierung im sinne der tradition.
tradition, so gesehen, ist etwas lebendiges, und in steter bewegung; etwas, in dem sich vieles gleichzeitig bewegt, zusammenläuft, oder sich trennt, zu immer neuen mustern.
tradition besteht aus traditionen.
tradition ist das dauernde, in dem die traditionen auftauchen

und verschwinden – alles, was traditionenbildende kraft hat, ist schon dadurch als teil der tradition gekennzeichnet: die konkreten gedichte gomringers, die eine kettenreaktion auslösten, ebenso wie die arbeiten der wiener gruppe, unter deren eindruck eine reihe von autoren der jüngsten generation zu schreiben begann.
die experimentelle dichtung, wie jede art dichtung, und zu jeder zeit, entsteht zwischen den mustern der umgangssprache und den mustern der poesie. dazwischen – das ist ihr raum. um hervorzutreten, das heisst sich abzuheben, braucht sie distanz zu beiden. ihr ziel ist es, gerade jenen abstand von beiden zu finden, der notwendig ist, um sie vor allzu raschem verwittern zu bewahren. es regnet von beiden seiten unaufhörlich auf sie ein. und es gibt keinen schirm.

(1969)

zweifel an der sprache

vortrag für ein literatursymposium gleichen titels

da ich mich kaum jemals in einer lage befand, in der mir zweifel an der sprache gekommen wären, und da ich, ehe mir das thema des symposiums genannt wurde, den ausdruck ›zweifel an der sprache‹ weder gedacht noch irgendwo angetroffen haben dürfte, muss ich es versuchen, diesen ausdruck auf seinen mir nicht ohne weiteres bekannten inhalt zu prüfen. ich setze voraus, dass ich weiss, was zweifel ist und was sprache ist, ohne dass ich die schwierigkeit unterschätze, die es bedeuten würde, vor allem das wort ›sprache‹ einigermassen zufriedenstellend zu definieren. die verschiedenen anwendungsmöglichkeiten dieses wortes lassen eine einzige definition wohl garnicht zu, man vergleiche etwa die beiden ausdrücke ›die französische sprache‹ und ›es verschlug ihm die sprache‹. in einem ausdruck wie ›zweifel an der sprache‹ handelt es sich offenbar um etwas wie ›sprache schlechthin‹, ›sprache insgesamt‹, ›sprache an und für sich‹, und so plausibel das klingen mag, so schwer dürfte es sein, eine definition dafür zu finden. das wort ›zweifel‹ stellt demgegenüber geringere probleme. der zusammenhang seiner herkunft mit dem wort ›zwei‹ ist deutlich, und die einbeziehung dieses zahlwortes in eine definition seiner ursprünglichen bedeutung wirkt noch heute erhellend: ›zweifel‹ als ›ungewissheit bei zweifacher möglichkeit‹.

ich versuche es, mich einer erklärung für den ausdruck ›zweifel an der sprache‹ zu nähern, indem ich die feste wortverbindung ›zweifel an‹ mit anderen gegenständen verbinde. dabei erhalte ich zwei sprachliche muster. das erste, ›zweifel an der wahrheit einer behauptung‹, ›zweifel an der aufrichtigkeit einer person‹, lässt auf die wortverbindung ›zweifel an‹ immer einen zweigliedrigen komplex folgen, also ›zweifel an‹ – ›der genesung‹ (erstes glied) ›des patien-

ten‹ (zweites glied), wobei dieses zweite glied, wenn es aus dem zusammenhang bereits bekannt ist, auch in der form eines pronomens, ›mein‹, ›dein‹, ›sein‹, auftreten kann, zum beispiel als ›zweifel an seiner genesung‹. schematisch dargestellt, folgt auf die wortverbindung ›zweifel an‹ ein abstraktum, das einen aspekt eines mit ihm durch genitiv verbundenen konkreten, oder doch konkreteren, begriffes darstellt: ›zweifel an‹ – abstraktum: ›der tüchtigkeit‹ – jetzt konkret: ›eines arztes‹; oder ›zweifel an‹ – jetzt abstrakt: ›der wirksamkeit‹ – jetzt weniger abstrakt: ›einer massnahme‹.
dieser zweifel gilt nicht einem ding (oder einer person) ›schlechthin‹, ›insgesamt‹ oder ›an und für sich‹, sondern immer einem bestimmten aspekt dieses dinges (oder dieser person), seiner brauchbarkeit, seiner verlässlichkeit usw., und es drängt sich die frage auf, ob es nicht ausschliesslich diesen zweifel geben kann, also überhaupt nicht den zweifel an einem ding (oder einer person) ›schlechthin‹. denn ein solcher zweifel wäre logischerweise nichts anderes als der zweifel an der existenz dieses dinges überhaupt, der ›zweifel an fliegenden untertassen‹ nichts anderes als der zweifel am tatsächlichen vorhandensein solcher objekte und daher korrekt als ›zweifel an der existenz fliegender untertassen‹ zu benennen. feststellbar ist, dass jeder derartige zweifel an einem aspekt von etwas (›aspekt‹ verstanden als etwas, dessen vorhandensein oder nichtvorhandensein an einem ding wahrnehmbar oder überprüfbar ist) einen gegensätzlichen aspekt bedingt, wobei nur einer von den beiden genannt ist und jeder den anderen ausschliesst. ›zweifel an der echtheit eines dokuments‹ impliziert den aspekt der unechtheit, der gefälschtheit, wobei hier, wie in allen diesen fällen, nur die positive von zwei einander ausschliessenden möglichkeiten genannt wird, obwohl alles denken sich auf die unausgesprochene zweite, die negative möglichkeit konzentriert. darin besteht die kraft des wortes ›zweifel‹, dass es bei nennung eines positiven das denken auf dessen negatives gegenteil zu lenken vermag. es besitzt also dieses wort eine grosse negative kraft, was man gerade

dann nicht vergessen sollte, wenn das wort ›zweifel‹ in einem nicht so eindeutigen zusammenhang verwendet wird, etwa im ausdruck ›zweifel an der sprache‹.
das gegenstück, in gewissem sinne, zu ›zweifel‹ ist das wort ›vertrauen‹. ›ich habe vertrauen zu seiner ehrlichkeit‹ impliziert ähnlich wie ›ich habe zweifel an seiner ehrlichkeit‹ das negative gegenteil, nämlich seine unehrlichkeit, nur weist es diese weit von sich; um genau zu sein, müsste man sagen, dass das wort ›ehrlichkeit‹ es ist, das sein negatives gegenstück impliziert, und dass das wort ›vertrauen‹ dieses negative gegenstück undenkbar zu machen unternimmt, also das denken davon abhält, während das wort ›zweifel‹ gerade das gegenteil bewirkt. damit hängt es auch zusammen, dass wir die aussage ›ich habe vertrauen zu ihm‹ als durchaus eindeutig und vollständig empfinden, also ein ›vertrauen zu ihm als ganzem‹ gern ohne verlangen nach einer präzisierung akzeptieren, während wir umgekehrt einen ›zweifel an jemandem als ganzem‹, also einen zweifel, der seinen gegenstand vollständig umfasst, durch fragen auf einen oder mehrere punkte an diesem gegenstand einzuengen suchen, um den zweifel überhaupt begreifen zu können.
im allgemeinen, und damit auch im politischen, müsste man, wenn man wertet, dem zweifel vor dem vertrauen den vorzug geben, weil der zweifel uns zwei möglichkeiten sehen macht, während das vertrauen sich bemüht, uns den ausblick auf die andere, die negative möglichkeit, zu verstellen.
das sprachmuster ›zweifel an einem aspekt von etwas‹ ist jedenfalls eindeutig und vollständig; wenn es heisst ›zweifel an der echtheit eines dokuments‹, wissen wir, wovon die rede ist. dabei ist klar, dass sich dieses muster durch bezeichnung des trägers des zweifels, also dessen, der den zweifel hat, sowie durch nähere bestimmung der umstände, die den zweifel bedingen, schliesslich durch immer genauere angaben über den gegenstand des zweifels beliebig erweitern lässt. es ist keine frage, dass dieses muster auch anwendbar ist, wenn in der einen oder anderen weise von sprache die rede ist, von irgend etwas, das in den bereich

der sprache fällt oder mit diesem in einem zusammenhang steht. welche beispiele drängen sich mir, der es nicht, oder noch nicht, vermag, im ›zweifel an der sprache‹ etwas bekanntes und sinnvolles zu erblicken, für zweifel an etwas, das mit der sprache in einem zusammenhang steht, aus der erfahrung des eigenen denkens auf?

da ist etwa der zweifel an der zweckmässigkeit der beibehaltung der gegenwärtig gültigen gross-kleinschreibung des deutschen; ich spräche dabei wohl besser von meiner überzeugung von der zweckmässigkeit der einführung zumindest der sogenannten gemässigten kleinschreibung; eine weniger vernünftige konvention würde durch eine vernünftigere ersetzt – die sprache selbst erführe keine einschränkung und erlitte keinen verlust.

da ist der zweifel am absoluten bildungswert des erlernens der lateinischen und griechischen sprache auf der oberschule, also im alter von 10 bis 18; wieder äusserte ich besser meine überzeugung, dass das erlernen von lebenden sprachen anstelle der toten klassischen zumindest den gleichen bildungswert und dazu noch den praktischen und ideellen wert der unmittelbaren und dauernden anwendbarkeit des erlernten hätte, der vom persönlichen kontakt mit anderssprachigen bis zur teilnahme an der kultur anderssprachiger nationen reicht.

da ist weiters der zweifel an der – dafür stets beanspruchten – redlichkeit der absicht von kollektiven sprachregelungen, ohne die keine totalitäre bewegung und kein totalitäres system auskommt; auch hier müsste ich es meine überzeugung nennen, dass alle derartigen sprachregelungen in der unredlichen absicht begründet sind, die beherrschung einer majorität durch eine minorität direkt in den gehirnen der zu beherrschenden zu verankern, und zwar so, dass die beherrschung von den zu beherrschenden als eine art selbstbeherrschung positiv erlebt wird; hier wurzelt meines erachtens das asketische moment aller totalitären bewegungen und systeme.

ein anderer zweifel, den ich kenne, ist der an der dauernden benützbarkeit einmal erstellter sprachmodelle für die

zwecke der dichtung; und wieder gibt es hier für mich keinen zweifel, sondern nur die überzeugung, dass jedes poetische sprachmodell durch dauernde benützung immer mehr an glanz und kraft einbüsst, bis es nahezu unbrauchbar geworden ist, worauf immer noch manche auf gerade dieses modell schwören und es noch ärger zurichten; dabei wäre es so leicht für jedermann zu erkennen, dass das schöne von einst von uns das schöne von heute verlangt, so wie das schöne von einst das schöne eines einstigen heute gewesen ist; dieses schöne von einst will und braucht die distanz, die es von uns heute hat, um aus dieser entfernung respektiert und geliebt zu werden, und diese distanz wird sichtbar und fassbar gemacht allein durch das schöne von heute, das ein anderes ist, und das doch, gerade indem es ein anderes ist, dem sehr ähnlich ist, was ein jedes schöne in seinem eigenen heute immer schon war.
hier habe ich also meine beispiele für zweifel an etwas, das mit sprache zu tun hat, aber keines von ihnen lässt sich als ›zweifel an der sprache‹ bezeichnen, und zu jedem musste ich überdies sagen, dass ich es nur um des beispiels willen als zweifel formuliert hatte, dass ich aber, wenn ich für mich selbst spreche, bei jedem von ihnen von einer überzeugung sprechen muss. wenn ich sage ›überzeugung‹, meine ich nicht ›vertrauen‹; beide bedeuten eine gewissheit, die im subjektiven beruht, aber während das vertrauen, wie gesagt, nur das positive sehen und für das negative blind machen oder, im extremen fall, überhaupt nur blind machen will, bedarf die überzeugung, um es tatsächlich zu sein, einer prüfenden sichtung der bestehenden möglichkeiten und ist darin dem zweifel verwandt. eine weitere, nicht minder schwerwiegende trennung zwischen diesen beiden arten von gewissheit wird durch ihr gegensätzliches verhältnis zur verantwortung bewirkt: durch mein vertrauen lade ich, in einer absurden weise, einem anderen verantwortung auf; die verantwortung für meine überzeugung trage ich selbst.
das bisher betrachtete sprachmuster, ›zweifel an einem aspekt von etwas‹, war eines von zweien, die beide mit dem

konstanten ›zweifel an‹ beginnen. ich nannte es ›eindeutig und vollständig‹, und tat dies bereits im hinblick auf sprachmuster zwei, das mir weder eindeutig noch vollständig erscheint. dieses zweite muster folgt dem schema ›zweifel an‹ plus einem einzelnen substantiv, das ein ding, eine person, ein abstraktes, ein kollektiv von solchen, oder sonst etwas bezeichnet. ›ich habe meine zweifel an hugo‹ ist ein satz der umgangssprache, wie er in jedes gespräch passt, das sich mit hugo befasst. was bezweifelt wird, ist nicht hugos existenz, sondern seine aufrichtigkeit, seine tüchtigkeit, seine gesinnung, kurz irgend etwas von dem, was an irgend jemand bezweifelt werden kann, und was es in diesem fall nun tatsächlich ist, das den zweifel verursacht, ergibt das gespräch, nicht der einzelne satz, der uns vorliegt. dieser, oder genauer, der darin enthaltene ausdruck ›zweifel an hugo‹ ist unvollständig, wie es der in gesprächen üblichen elliptischen redeweise entspricht; was im einen satz fehlt, kommt im nächsten oder war schon im vorigen da. in einem solchen fall stellt dieses zweite sprachmuster bloss eine verstümmelung des ersten dar und bedeutet prinzipiell ebenfalls ›zweifel an etwas an hugo‹, ›zweifel an hugos aufrichtigkeit‹ oder ›zweifel an hugos potenz‹.

wenn unser ausdruck ›zweifel an der sprache‹ nun ebenfalls nichts anderes wäre als eine verstümmelung durch fortlassung gerade des für das verständnis entscheidenden elements, ohne dass, als ersatz dafür, ein das fehlende enthaltender kontext, wie ihn ein gesprächszusammenhang bietet, vorhanden gewesen wäre, dann fragte es sich, wieso man diesen ausdruck überhaupt ersinnen und anderen zum thema für einen vortrag stellen konnte, die, ebenso wie ich, sich niemals irgendeines ›zweifels an der sprache‹ bewusst gewesen sein mochten. man konnte doch wohl nicht annehmen, dass irgend jemand den ausdruck ›zweifel an der sprache‹ in der für mich einzigen an dem ausdruck selbst ablesbaren weise als ›zweifel an der existenz von sprache‹ auffassen und interpretieren würde. man musste vielmehr, wenn man sich der unvollständigkeit dieses ausdruckes überhaupt bewusst gewesen war, von einem, dem man mit diesem unvollständigen ausdruck ein thema für einen vortrag aufgab, erwarten, dass er von sich aus alles unternehmen würde, um durch seinen vortrag die im thema klaffende lücke zu stopfen. er würde, mochte man gemeint haben, den kontext herstellen, der den ausdruck ›zweifel an der sprache‹ sinnvoll und verständlich machen würde. die unvollständigkeit des ausdrucks wäre somit der eigentliche anreiz für die ausarbeitung des vortrags gewesen, und zugleich auch, da ja gerade das entscheidende element fehlte, die garantie dafür, dass jeder, wenn er zu dem inkompletten thema etwas sagte, wirklich etwas anderes dazu sagen würde.

nun handelt es sich bei ›zweifel an hugo‹ allerdings um zweifel an einer einzelnen person, die uns bis auf ihren vornamen nicht bekannt ist, während es sich bei sprache um etwas handelt, von dem jedem von uns sehr viel bekannt ist, wenn auch keinem ganz das gleiche und niemandem alles, so dass wir uns um einen besseres beispiel umsehen sollten, um es mit ›zweifel an der sprache‹ zu vergleichen. versuchen wir es mit ›zweifel an der ehe‹, einer einrichtung, von der jedem von uns einiges bekannt ist, wenn auch keinem ganz das gleiche und niemandem alles. wieder müssen wir ausschliessen, ›zweifel an der ehe‹ als zweifel an der existenz dieser institution zu interpretieren, wie wir es sehr wohl bei dem ausdruck ›zweifel an gott‹ tun können, um dem erwähnten ›zweifel an fliegenden untertassen‹ noch ein zweites beispiel dafür hinzuzufügen, dass an der existenz von etwas gezweifelt werden kann; es ist immer nur eine geglaubte, nicht überprüfbare existenz, die in zweifel gezogen werden kann, also weder die der ehe, noch die der sprache. im gegensatz zu hugo, und dem zweifel an ihm, können sich unter ehe, und dem zweifel an ihr, alle etwas vorstellen, und zwar etwas, das in der vorstellung der verschiedenen nicht grundsätzlich verschieden ist. ich vermute, dass sich unter fünf verschiedenen leuten, die hier bisher nicht zugehört haben, sofern sie sich unter ›zweifel an der sprache‹ überhaupt etwas vorstellen können, mehrere, wenn nicht lauter, grundsätzlich verschiedene

vorstellungen finden werden. unter ›zweifel an der ehe‹ wird man hingegen ziemlich allgemein etwas ähnliches verstehen, und zwar ungeachtet des eigenen standpunktes. natürlich ist das darauf zurückzuführen, dass ›ehe‹ ein viel engerer begriff ist als der der sprache und daher viel leichter zu definieren, aber in der ausserordentlichen breite des begriffes ›sprache‹ liegt ja gerade das problematische seiner unspezifischen verwendung in einem ausdruck wie ›zweifel an der sprache‹.
jedenfalls kann ich mich mit dem isolierten ausdruck ›zweifel an der ehe‹ in ganz anderer weise verständlich machen als mit einem isolierten ›zweifel an hugo‹, und ich kann es ebenfalls mit ›zweifel am fortschritt‹, ›zweifel an der technisierung‹, ›zweifel an der kultur‹ und hundert anderen zweifeln, habe also doch, wie ich meine, ein zweites sprachmuster vor mir, das aus ›zweifel an‹ plus einem einzelnen substantiv besteht. dieses ist vorzugsweise abstrakt, kollektiv, und dazu allgemein bekannt, um nicht zu sagen, allgemein im gespräch; denn diesen ausdrücken insgesamt haftet für mein gefühl etwas konversationsmässiges an, etwas feuilletonistisches, sogar etwas vom blickfang von schlagzeilen. als titel über einer ernsthaften erörterung treten sie eher unerwartet auf.
gemeinsam dürfte allen eine gewisse aktualität sein, nämlich für jedes zu der zeit, in der es im schwange ist; so dürfte ›zweifel an der religion‹ und ›zweifel an gott‹ heute weniger verfangen als ›zweifel am fortschritt‹ und ›zweifel an der raumfahrt‹, während ›zweifel an der kultur‹ seit rousseau immer wiederkehrt. nur aus erzählungen kennen wir noch ›zweifel an der dampfeisenbahn‹ und ›zweifel am automobil‹, und wir erinnern uns noch des ›zweifels am fernsehen‹, aber eines ›zweifels am rundfunk‹ schon nicht mehr. vergeblich wird man in den u.s.a. einen ›zweifel an der motorisierung‹ suchen, den bei uns erst die nächste generation vergessen haben wird. lassen wir die banal anmutenden zweifel an errungenschaften beiseite, um festzustellen, dass auch die anderen, vom ›zweifel an gott‹ bis zum ›zweifel am fortschritt‹, etwas bezeichnen, das im bewusstsein vieler ganz

deutlich vorhanden ist, und zwar nicht unbedingt als zweifel, aber als wissen, dass es zweifel daran gibt, geben kann oder gegeben hat. und nun fragen sie einmal einige leute, die hier nicht zugehört haben, was sie sich denken, wenn sie den ausdruck ›zweifel an der sprache‹ hören. ich denke mir, es ist eine analogiebildung zu den ›zweifeln an etwas‹, bei denen ich mir etwas denken kann. es ist eine analogiebildung, die von der assoziationsauslösenden kraft anderer dem gleichen schema folgenden ausdrücke profitiert, ohne selbst zur auslösung von assoziationen imstande zu sein, also letztlich ohne sich selbst auf irgend etwas vorhandenes oder vorgestelltes zu beziehen. aber dazu seien wir ja zusammengekommen, um zu erfahren, was ›zweifel an der sprache‹ ist, indem wir uns gemeinsam darum bemühen. das wäre doch eine höchst dubiose methode, die ich niemandem als absicht zumuten kann, derart vorzugehen, dass erst ein inhaltsloser begriff geschaffen und dann darangegangen wird, ihn mit sinn zu füllen. jedenfalls glaube ich, dass am meisten durch befragung derjenigen zu erfahren ist, die hier nicht zugehört haben, und die in diesen ausdruck auch nichts hineinfüllen wollen, weil er ihnen gleichgültig ist. dazu gehöre auch ich; nämlich zu denen, die hier nicht zugehört haben, weil dies ein vorbereiteter vortrag ist, vorbereitet ehe alles hier begann, und denen dieser ausdruck gleichgültig ist, was soviel heisst, als dass er ihnen nichts bedeutet.
ich kehre noch einmal zu zweifel als einer ›ungewissheit bei zweifacher möglichkeit‹ zurück, denn in der tat implizieren auch die zweifel, die diesem zweiten sprachmuster folgen, eine alternative; jeder dieser ausdrücke des zweifels an etwas, der zweifel an der religion, an der raumfahrt, an der ehe, an der kultur, selbst der zweifel an der menschheit, sie alle implizieren wenigstens die möglichkeit eines gedankens an ein erstrebenswertes oder zu befürchtendes nicht- oder nichtmehrsein des gegenstandes des zweifels, ein beenden – etwa der raumfahrt –, ein abschaffen, oder absterben – der religion, oder der ehe –, ein nievorhandengewesensein – etwa der kultur, an deren stelle die utopie

eines paradiesischen urzustandes gedacht wird –, vernichtung – etwa der menschheit; wogegen ein nicht- oder nichtmehrsein von sprache, ein beenden, abschaffen oder die vernichtung der sprache weder als tatsächlich drohend noch als unter irgendwelchen voraussetzungen erstrebenswert gedacht werden kann. noch deutlicher gesagt: wo keine alternative ist, gibt es auch keinen zweifel. daher gibt es zum beispiel auch keinen zweifel am tod und damit keine möglichkeit, vom zweifel am tod zu reden. das wird nicht widerlegt durch die möglichkeit, vom zweifel an einem den menschen vollständig auslöschenden tod zu reden, denn zu diesem ist die alternative eines fortlebens nach dem tod denkbar, und der ausdruck selbst hat sich entscheidend verändert, indem er nicht mehr den tod an sich in zweifel stellt, sondern seine macht. zur sprache gibt es keine alternative, und daher auch keinen ›zweifel an der sprache‹. das wird nicht widerlegt durch die möglichkeit, an eine vernichtung der sprache als folge einer vernichtung der menschheit zu denken; dass diese, als werk des menschen, denkbar ist, löst nicht zweifel an der sprache aus, sondern zweifel am menschen.

(1973)

*

von OMNIBUS, der angelsächsischen bezeichnung für einen einbändigen querschnitt durch ein schriftstellerisches werk, stammt der titel FÜR ALLE, dem die tendenz innewohnt, mit dem namen des verfassers zu verschmelzen, was in seiner absicht nicht lag, wogegen sich zu verwahren es jedoch alsbald keinen einsehbaren grund gab. der titel zeugte das spott-messianische motto vom für alle gedeckten dichter-schreibtisch, ein nadelstich für die verächter des verfassers und seiner texte.
es bestand nicht die absicht, seine seit 1966 erschienenen und bis heute, 1984, verfügbar gehaltenen bücher für diesen band zu plündern, vielmehr sollte er das einmal geschaffene bild nach allen seiten erweitern. nur mit seinem ersten buch, dem 1956 erschienenen band ANDERE AUGEN, wurde anders verfahren, indem eine knappe auswahl daraus den READER (dieses nun tatsächlich angelsächsische wort scheint nicht weniger passend) eröffnet, denn hier war verschollenes zu retten, wogegen es gar kein zu rechtfertigendes motiv für die ausweidung der vorhandenen bücher LAUT UND LUISE (1966), SPRECHBLASEN (1968), DER KÜNSTLICHE BAUM (1970) und DINGFEST (1973) gegeben hätte. die vorangegangene erzwungene publikationspause hatte so viel an nicht in büchern erschienenem vorrätig gelassen, daß daraus, zusammen mit jüngst entstandenem, ein sammelband möglich wurde, der von sich beanspruchen konnte, seinen autor vollständig sichtbar zu machen, und zwar als derart beschaffen, daß ihn die einen auf die schultern hoben und die anderen ihn lieber gestern als heute der erde zurückgegeben hätten.
die verderber der jugend, also jene, die ihnen weder ihre poesie noch ihre musik, ihre sonstigen kreationen und schon garnicht ihr leben als ihr eigenes, ihnen allein gehörendes, zugestehen wollen, sind die feinde der modernität in allen künsten und in allen sparten des lebens. anstatt ihre eigenen elenden erkenntnisse den anderen, und unter diesen vor allem den jungen, aufzupressen, ihre politik, ihre ideologie, ihre kultur, müßten sie sich, wenn alles geschähe, wie es gesche-

hen sollte, die haut ihrer verhaltensweisen vom körper reißen (wobei der körper zugleich die seele und eine körperlose seele ein gemeiner und verwerflicher irrtum des denkens ist) und knieend ihren nacken beugen vor den sonnen der anarchie. in diesem sinn will dieses buch, dem es an herausforderndem auch heute nicht mangeln dürfte, gelesen und verstanden werden.

wien, im juli 1984

inhalt

verstreute gedichte

ins theater

die zahl nach dem titel bezeichnet das entstehungsjahr; (5–) bedeutet »ein jahr in den fünfziger jahren«, (6–) »ein jahr in den sechziger jahren«; (52/73) bedeutet »erstfassung 1952, neufassung 1973«.